1

**THE
HAZE
HUNTER**

1 唯一幸存者

王敏 著

作家出版社

爱新爵萝

雾小霆

水玲珑

小川

玛丽塔

目 录

第一章　　德川宗介的幸福生活　　1

第二章　　约定　　10

第三章　　核能实验室生死大劫难　　18

第四章　　吃了研究药物　　28

第五章　　人间地狱　　37

第六章　　海上奇观　　44

第七章　　玛丽塔　　52

第八章　　你的名字　　61

第九章　　陌生的自己　　71

第十章　　我的朋友是逃犯　　80

第十一章　　萌宠小霾　　89

第十二章　　垃圾山大追捕　　98

第十三章　　关塔纳魔湾监狱　　　　　103

第十四章　　牢·计　　　　　　　　110

第十五章　　天使还是恶魔　　　　　116

第十六章　　小霾爆炸了　　　　　　121

第十七章　　背叛了救命恩人　　　　129

第十八章　　悬赏五百万的逃犯　　　135

第十九章　　猎霾大战　　　　　　　142

第二十章　　死亡拥抱　　　　　　　150

第二十一章　最勇敢的猎霾战士　　　156

第二十二章　核能变异人　　　　　　161

第一章

德川宗介的幸福生活

你知道最帅高中生是什么样子吗？

嗯，他肯定很完美啦——是学校的颜值担当，众人目光的焦点；有令人叹为观止的俊俏容貌和颀长身材。

哇！完美的男生！

等等，这么完美的男生，真的存在吗？

真的有哦！他就生活在幸福岛安达郡大玉村，名叫德川宗介，在福岛第一高级中学读书。

德川宗介十七岁就有一米八六的身高，大长腿，看起来干净健康又俊朗阳光，男子汉气概足足的。五官棱角分明，那高挺的鼻梁犹如希腊雕像。一头自然黑发下是深邃的双眸，这双清澈眸子像夜空的星星让他显得魅力十足优雅迷人。

衣着方面，普通的白衬衫也能被他穿出一种出尘的美，好似一骑绝尘的帅气王子。

大家都喜欢他！

在学校里，最严肃的松木校长也会对他露出灿烂的笑容；脾气最坏的久美子老师，也视他为掌上明珠。因为领奖台上都是他的身影。这还不算，就连学校里最孤僻的清水裕老师，也跟他合得来。因为那位不爱说话的老师总是跟他有话说——他们共同爱好化学。

如此优秀的男孩，班里其他男生肯定会妒忌的吧？

其实，不！

他是校园篮球队的王牌，拥有众多粉丝。他正和冈田队长一起带领着福岛球队，进行最终决赛。如果他们赢了，可以进入市立少年篮球队。

那他总要有些苦恼吧？

实际上，他的爸妈也非常疼爱他。因为他体贴父母。爸爸回来他马上接住手提包，拿来拖鞋。妈妈回家之前，他就会泡好花茶，等妈妈回来不热不凉正好能喝。

德川宗介就是别人家完美的孩子呀！他爸妈常常背地里感叹自己命运是不是太好了。因此，他的爸爸德川先生显得特别年轻，妈妈美惠子特别漂亮。

德川宗介平常的生活，简单幸福，在花园旁边的球场打球，要不就是在家里看书或者做化学实验。

这年的春天悄悄来到，他的妈妈美惠子看他照着一本《神奇化学元素》的书在房子里做实验，就建议道："宗介啊，你出去玩玩吧，花见山的樱花开了呀！"

"我打算下个星期就去，妈妈!"德川宗介回答。

春天来了，樱花开了。

德川宗介家附近的花见山有两千多株樱花，四月份的时候，那里简直就是樱花的海洋。

他居住的幸福岛有很多美景。最有名的是天守阁，外国游客必去的知名景点。除此之外，还有大内宿的古建筑美轮美奂；五色沼的湖沼群一到秋天就多彩缤纷；猪苗代湖冬天可以看到西伯利亚飞来的天鹅；磐梯山可以滑雪泡温泉。

这里景点多多，一年四季都能看见游客的身影。相比大名鼎鼎的旅游景点，德川宗介还是最喜欢自己居住的大玉村。

大玉村在幸福岛附属四号绿岛上，这里沙滩细腻柔软，岛上古树参天，经常能看到白色的群鸟翱翔在绿岛边缘，像极了一幅唯美的风景画。

德川宗介的家就在绿岛边缘，面朝大海。这是一栋漂亮的房子，从房间能遥看到幸福岛核能研究所的大楼。

德川宗介的爸爸就在这座大楼上班，开车半个小时就到了。最近一段时间，爸爸经常加班，德川宗介每天晚上睡觉都能从窗户看到爸爸工作的大楼灯火通明。

今天早上，日子如往常一样平静而美好，没有一点儿迹象显示德川宗介即将改变命运，整个岛上的人都将改变命运。不，他们不是改变命运，他们都消失了。确切地说，只有德川宗介一个人改变了命运。

德川宗介吃过早餐，就背上书包推起单车，准备去学校。

"我走了，妈妈！"

"路上小心啊，宗介！"妈妈从厨房里伸出头来。

她正在厨房里洗碗，德川宗介看见两只蝴蝶飞进了厨房，还有一只绕着妈妈巧克力色的波浪长发翩翩起舞。妈妈有弯弯的眼睛，还总是爱笑，爸爸说她像冬日的暖阳。德川宗介笑着跟冬日暖阳挥手再见。

德川宗介的爸妈很喜欢花草，他们把房前屋后都种上了花，德川宗介卧室窗台上都开满了鲜花。春天一到，家里总有蜜蜂嗡嗡飞着。

厨房里有两盆琉璃唐草。今天早上，去拿早餐的时候，他还看见蜜蜂都飞进厨房里采蜜。

德川宗介推着单车出去，看见爸爸正一手端着一盆小苍兰，想用脚打开车门。德川宗介停下，帮助爸爸打开车门，"爸爸，你拿小苍兰做什么？"

"很香！"爸爸把花盆放在德川宗介鼻子下面。他慌忙躲开，还有两只蜜蜂在盛开的花朵上采蜜呢。

"放到办公桌上，"爸爸开心道，"一整天都在花香中度过。"

"是个好办法！"德川宗介认同。最近一段时间，爸爸总是加班肯定很累，这花儿能让他轻松一些。

爸爸也有深邃迷人的双眸，只是被挡在金丝边眼镜后面了。他去上班的时候穿西装打领带。小川知道，他到了幸福岛核能研究所大楼，就会换上白色纳米生化服，武装到只能看见金丝边眼镜，就进入实验室一头扎进核能世界。

如果有谁能和他讨论原子、中子、质子、核聚变这类话题，他就是再累也能连续三天三夜滔滔不绝。可惜能跟他聊这个话题的人很少——他已经是顶级核能专家了，说的东西一般人都听不懂。

顶级核能专家把两盆小苍兰放在一个鞋盒里，丢在副驾驶位上，"我去上班了，宗介。"

"路上小心啊爸爸！"德川宗介看着爸爸的车开走。

"你也是！"爸爸开车驶出院门。

院子里的花架上，有许多盆早开的芝樱和明艳的小苍兰。德川宗介拿了一盆小苍兰放在单车筐里，骑车通过紫藤步道，出了家门。

几个背包的游客对着他家指指点点，发出惊叹，"好美呀，这就是我梦想中的房子啊！"

德川宗介已经见怪不怪。路过的游客都喜欢他家的环境——面朝大海，春暖花开！

德川宗介家的花园里：琉璃唐草蓝色花朵在明媚的阳光里摇曳；一大片早开的芝樱沾着露珠，散发出迷人的香气。院子门口栽着两株紫藤花，爸爸搭建了一个紫藤步道，含苞欲放的紫藤条垂挂下来，像粉紫色的瀑布。从外面看过来，他们一家就生活在花的海洋里。鲜花把他们居住的白色房子衬托得浪漫

唯美。

这很上镜——蔚蓝的海边、洁白的房子、娇艳的春之花，拍出来的照片，就像明信片。德川宗介的妈妈还因为种花登上过杂志呢，被评为最会生活的女人。路过的游客都会跑来拍照——他们家成了一处小有名气的旅游景点。

德川宗介骑着单车从紫藤步道出来，对着拍照的游客友好一笑，就去学校了。他家在绿岛边缘，距离学校算是比较远的了，骑单车要十分钟。

德川宗介来到学校，把单车停好，就拿着花盆进入高一班教室。他把小苍兰放在讲台上。

同学船越雪乃正好看到，船越雪乃有漂亮的木莓棕色长发，她活泼爱笑，十分合群，经常和一大帮女孩子在一起。"宗介，你家的芝樱开了吗?"她凑过来看花。

"嗯。"德川宗介点头。

"我可以去看吗?"船越雪乃问。

"当然可以。"德川宗介爽快道。

其他女生也嚷嚷着要去看，她们决定星期六上午就去。德川宗介答应在家里等她们。

坏脾气的班主任久美子老师来上课，她正值更年期，说话难听，爱跟学生斤斤计较，大家都不喜欢她，她几乎都是阴沉着脸上课。今天早上，她走进教室闻到了香味，注意到了明艳的小苍兰，阴沉的脸上露出了难得的笑容。德川宗介觉得这个上午过得特别快。

下午，化学老师清水裕来上课，他闻了闻小苍兰，开心地给大家讲了花香让心情变美好的原因。

最后一节课，大家都盼着星期六了，最严肃的松木校长过来了，他让高一班的学生星期六来一趟学校，他有重大的事情要宣布。

船越雪乃一帮女生们嚷嚷着星期六已经有约了。但是松木校长说，有两件激动人心的事情，他等不到星期一了，想早点儿告诉大家，因此星期六上午占用大家一点儿时间。

女生们只得跟德川宗介改约，船越雪乃来商量，"那就星期六下午吧?"

"下午更好，"德川宗介开心道，"我爸爸生日，你们下午去，可以吃到新鲜蛋糕哦!"

女生们欢呼雀跃。

明天，是爸爸的生日，妈妈准备亲手做生日蛋糕，星期六晚上开生日聚会。

德川宗介回家帮忙筹备生日聚会，忙到了晚上。他睡觉的时候，瞟了一眼窗外，幸福岛核能研究所大楼亮着灯。爸爸还在加班，快十二点了。德川宗介打了个哈欠，准备上床睡觉。突然，他看见海面上出现一道奇异的光芒。

是什么?

德川宗介仔细看，好像北极光!那条光芒是从海底下钻出来的。德川宗介所在的东樱岛国是不应该有北极光的。

　　他好奇地盯着，忽然发现那绿光扭曲变化成了怪兽模样，张开血盆大口发出狮子般的怒吼，朝着他冲过来。德川宗介吓得后退，同时感觉自己的耳朵吱吱作响，房间里的灯光在同一时间也闪了两下灭掉了。三秒之后，电力恢复，那条光芒便消失在幸福岛核能研究所大楼后面了。

　　德川宗介愣了好大一会儿，不知道刚才是怎么回事。他跑到门外，看周围一切如常：人们都已经就寝，妈妈也在隔壁安睡，外面静悄悄的，说明他们没有听见声音。

　　但，德川宗介却感觉到了扑面的狮吼，还有耳朵里面的吱吱声。是他的幻觉？还是海上的灯塔？

　　光芒所在的方向没有灯塔。德川宗介又往海面上看了好久，没有任何动静。他回到床上，却久久不能入睡。他脑海里闪现刚才的画面，那光芒像极了一只恐怖的怪兽，极其震撼！

第二章
约定

深邃夜空下，大海波澜不惊，天上星星眨着眼睛。德川宗介进入了梦乡：他正在小船上睡觉，小船带着他漂啊荡啊！很长很长时间，不知道要去哪里。他正着急自己失去了方向，突然听到轰隆一声巨响，德川宗介吓得一跃而起，跑到窗户边看，爸爸所在的办公大楼坍塌了，烟尘荡起，犹如世界末日。

德川宗介大吃一惊，慌忙揉眼睛细看，一个发着绿光的大怪兽从地底下爬出来，正在袭击幸福岛，一口就把门卫佐藤先生咬碎了，而爸爸站在废墟上一动不动，发光的怪兽在逼近。

"啊！爸爸，爸爸！"德川宗介急切地喊道。

大喊出了声音，把自己都惊醒了。德川宗介发现自己躺在床上，周围一片黑暗。接着听见脚步声传来，屋里的灯吧嗒一下亮了，白光刺眼，德川宗介慌忙抬手捂住眼睛。

"怎么了，宗介？"妈妈担心道，"做噩梦了吗？"

他的喊叫声把妈妈都吵醒了。妈妈穿着拖鞋，顶着一头乱蓬蓬的巧克力色波浪长发，睡眼惺忪地问他。

"嗯，我梦见爸爸的大楼塌了！"德川宗介有些迷糊。

妈妈担心地瞅了他一眼，走到窗口伸头看了看，"爸爸还在加班，你看灯还亮着呢。"

德川宗介跳下床，走到窗边。核能研究所大楼并没有塌，此刻里面灯火通明。

"爸爸昨天晚上打电话说，战争到了最关键的阶段，这两天都会通宵！"妈妈告诉他。

"战争？"德川宗介不明白。

妈妈点点头，"你爸爸还说，敌人不是一般的坏蛋，长得很可爱呢！"

敌人很可爱？德川宗介有点无法接受。坏蛋都是一副讨人厌的嘴脸，如果敌人长得懵懂可爱，爸爸那么善良的人是否舍得下手？

"可爱的敌人肯定不好对付，连生日都要加班呢。"妈妈调侃道，"我们帮不上忙，你就安心睡觉吧！"

妈妈离开他的卧室。

德川宗介躺回床上，想着打仗是士兵的事情，爸爸一个核能专家怎么打仗呢？这大概是某种比喻吧——忙得像打仗！

德川宗介看了看表，已经是早上五点了，噩梦搅得他也睡不着了，于是就起床，到花园跑步。

早起的空气非常清新，琉璃唐草的蓝色大花朵正在展开；

芝樱花上沾着露珠，散发出迷人的香气。德川宗介围着他家的院子跑步，感到心旷神怡。

花园最漂亮的时候，是清晨和傍晚，清晨的露珠和鸟儿的叫声更有美好氛围。而晚霞给房子抹上一层朦胧的美。

这是游客看不到的，德川宗介也不是经常看到，他也喜欢睡懒觉，总错过清晨最美好的时光。

今天，他体会到了久违的春日早晨，心情大好。他绕着院子跑了三圈，回来的时候捡起一个牛奶纸盒，这大概是游客丢弃的。他们一家从来都不乱丢垃圾。妈妈总会把废弃物仔细地分类，放进不同袋子回收。他们家之所以那么干净漂亮，就是因为爸妈特别爱护自己的生存环境。他们从来不用空气清新剂，妈妈经常用柠檬，或者直接把小花盆搬进屋里。

德川宗介回家时，妈妈已经做好早餐等着他了。他把牛奶盒拆开，清洗干净，放在专门的废旧纸盒袋子里，洗干净手，去吃早餐。

他在吃煎蛋的时候，突然看见鱼缸中的小金鱼跳了出来。两只小金鱼争着跳离水面，跃出缸外。

这是他养的小金鱼，一直都很安静，今天是怎么了？德川宗介放下碗筷，把跳出的小金鱼放回去，金鱼居然尖叫不止。

德川宗介感到奇怪，看看水里没有异常。突然听到传来刺刺的声音，耳朵有点受不了。他看到妈妈正在厨房里，用勺子刮着一个盆。小金鱼大概是受不了这个声音才往外跳的吧？

"宗介，可以邀请冈田他们来吃蛋糕哦！"妈妈看到德川宗介背上书包就说道。

"好的，妈妈，我走了！"

德川宗介骑着单车离家去学校，又看见游客对着他们家拍照，他低头疾驶过去，避免影响别人拍照。

迎着春天的暖风，骑行在海边的道路上，这是最舒服的时刻。樱花开得茂密，蝴蝶在飞舞。德川宗介朝着爸爸工作的幸福岛望去，核能研究所大楼沐浴在阳光中。想起晚上的梦，真是一个很奇怪的梦啊！

德川宗介决定今天晚上就讲给爸爸听。

转过一个弯路，德川宗介正漫不经心地骑着，突然看见一些蝙蝠飞过，它们怎么白天出来了呀？德川宗介慢了下来，看着蝙蝠飞到樱花树干上，吱吱直叫。德川宗介正奇怪，篮球队队长冈田喊他，"宗介，快点儿，一起走啊！"

"哦，冈田队长！"德川宗介跟上球队的几个男生，一起骑向学校。

昨天，松木校长告诉他们，会有两个大惊喜。现在，松木校长正在礼堂等着他们。

松木校长心情很好，严肃的脸上露出笑容。看到同学都到齐了，他拿出一份通知，开心地告诉大家，经过几个赛季的评估，他们福岛球队可以进入市立少年篮球队啦！这就意味着他们可以和大名鼎鼎的神奈川陵南中学对决了呀——他们都是高手。球员们跳起来击掌庆祝。

松木校长把通知给了冈田，他让大家稍等片刻再庆祝，他还有一件喜事宣布。"一份获奖证书，"松木校长故意停顿了一会儿，开心地宣布道，"三次蝉联全国化学比赛第一名！"

"哇！"大家都不约而同看向德川宗介，他每次化学比赛都是第一名，最好的学校——滨通高中都争着要他。

清水裕老师都替他高兴得哭了。松木校长把获奖证书发到德川宗介手里，给他一个大大的拥抱。大家都围过来祝贺他，一帮女孩子送礼物给他，船越雪乃还帮他拍了一张获奖时候的照片。德川宗介接过照片看了看，拍得真好，抓拍到了他脸上最幸福的笑容。

德川宗介很满意，把照片夹在获奖证书里。他请船越雪乃一帮女孩赏花之后留下来，参加晚上的生日聚会，顺便庆祝获奖。

女孩子们都开心地欢呼起来。

德川宗介离开几个喧闹的女孩，又被五个人高马大的篮球队员拦住了。队长冈田约他星期天去打球，只有多练习，才能和陵南球队对决，朝着全国进军。

德川宗介答应了，并且请他们参加生日聚会，自然又是一阵欢呼。

多么美好的一天啊！德川宗介心情愉快，拿着获奖证书走向单车停放处，看见班里最难以相处的女孩由美一个人走过来，她和船越雪乃刚好相反，经常独来独往，性格古怪，说话冰冷生硬。

德川宗介跟她打招呼。"你好由美，我们家做了蛋糕，带一盒给你吧？"

"不用！"由美冰冷地拒绝了。

"不用带呀？那就晚上去吃吧。"德川宗介邀请她，"妈妈种的那些花儿都开了。"德川宗介知道她花艺比赛得了一等奖，妈妈最喜欢和她一起探讨花艺。

这下子，由美笑了，她点头同意，"谢谢你，宗介！"

德川宗介和由美分别后，骑车出了校门。久美子老师正走路回家，德川宗介骑到她身边，"等等，久美子老师，这个给您！"德川宗介把雨伞递给她。

"不用了，宗介，没有下雨。"她不要。

"这是遮阳伞啊，不会晒黑，阳光比以前毒辣了一些呢！"德川宗介把雨伞打开递给她。

久美子老师接过雨伞，"宗介，我真舍不得你走！"她突然就伤感起来，依依不舍的样子，好像德川宗介马上就要离她而去。

"星期一再见。"德川宗介对她说。

"啊，星期一见，宗介，谢谢你的小苍兰！"久美子老师对着他的背影说。

"不用谢，你喜欢就好！"德川宗介骑上单车，终于走出了学校。孤僻不爱说话的清水裕老师正在前面慢悠悠骑着单车，等德川宗介赶上来。

"真舍不得你呀!"清水裕老师说，"我再也遇不到你这样的学生了。"

今天怎么了? 大家好像都很伤感的样子。

"会有的，清水裕老师，"德川宗介劝道，"化学多迷人啊，会有很多人喜欢的。"

听到德川宗介这样说，清水裕老师开心地笑了，他就拿出一张票，递给德川宗介，约他下个星期一起去化学展览会。德川宗介收下票，开心地答应了。

空气中飘荡着樱花的香味。三月中旬了，樱花怒放，游客开始增多了。

德川宗介骑单车超过一群游客，到了家门口，就闻到了香甜的味道，妈妈正在做蛋糕。

德川宗介放好了单车，就拿着获奖证书走进屋。他想着获奖证书正好可以送给老爸做礼物。

"我回来啦!"德川宗介和妈妈打招呼。

妈妈做了他最爱吃的墨鱼饭。德川宗介吃饭的时候，妈妈往保温箱里面装自制的小蛋挞，她多放了几盒，要送给爸爸的同事。

爸爸今天生日，但他还在上班。妈妈就做了美味蛋挞让宗介送去，顺便把爸爸带回来参加生日聚会。

德川宗介吃完饭，找来一个小礼物盒，把获奖证书放进去，他要把获奖证书当成礼物送给爸爸。

妈妈说获奖证书肯定是最惊喜的礼物了。

德川宗介把礼物盒子放入口袋，妈妈把准备好的保温箱递给他，"坐车去吗?"

"不，骑单车!"德川宗介说，本来可以坐车去的，但是他选择骑单车，尽管有点远，就当锻炼身体了。

这样骑上一个来回，就不用再抽时间锻炼身体了。

"一定要把爸爸带回来哦!"妈妈交代，她已经布置好了生日聚会，邀请了亲朋好友，爸爸这个主角需要回来参加。

"知道啦! 一定准时回来。"德川宗介答应道。

他骑上单车朝着幸福岛去了，他不知道，这是永别!

他再也无法回家了。

第三章

核能实验室生死大劫难

幸福岛有世界上最大的核电站。四座巨大的核能塔上冒出白烟，靠海的那边布满无数圆球形安全壳。一大排原子反应堆厂房没有窗户，里面藏着最先进也最危险的核能设施。

幸福岛风景最美丽的地方，便是核能研究所的大楼。

德川先生就在核能研究所工作，是核能研究的负责人。外面的世界一片平静，而这里，战争已经进行到白热化状态，他和同事连续加班两天一夜，早就忘记自己的生日了。

此刻，儿子已经来到楼下，给他送来好吃的蛋挞。

德川宗介在一棵樱花树下停好单车，拿起保温箱就要走，忽然看见一只大老鼠叼着一只小老鼠从草丛里爬出来，大老鼠居然战战兢兢慢慢地爬着走。德川宗介正好奇老鼠为什么不是刺溜一下蹿过去，而是慢慢爬着，却看见后面更奇怪的一幕：几十只老鼠，一只咬着另一只的尾巴，排着队，从草丛里爬了出来。

它们是要搬家吗?

德川宗介兴致勃勃地看了一会儿,想到要给爸爸送吃的,就离开了老鼠,朝着核能研究所走去。门口守卫佐藤先生正检查通过的车辆,他穿着一身安保制服,戴着大檐帽,严肃地敬礼,然后请司机出示证件。检查过后,才挥挥手让司机通过。

德川宗介突然想起晚上做的噩梦——佐藤被怪兽咬碎了。

现在,佐藤先生好好的,他看到德川宗介便露出了笑脸,"宗介啊,进去吧,你爸爸刚刚去了地下实验室。"

"嗯,谢谢佐藤叔叔,请你吃蛋挞。"德川宗介拿出一盒蛋挞递给佐藤,"还热着呢!"不等对方说谢谢就走了。

通往地下实验室的门口,出来一位研究员,她手里端着一盆小苍兰。

"宗介!"是爱笑的浅草阿姨,爸爸的同事,"你爸爸送的花,哈哈,好香啊!"

德川宗介又送给她一盒蛋挞。"哈!我最喜欢吃美惠子做的蛋挞了!"浅草阿姨接过蛋挞,"你爸爸就在地下实验室。"

"知道了!谢谢浅草阿姨!"

"楼梯不好走,宗介小心一点啊。"浅草阿姨提醒他。

地下实验室的入口正好在海边,德川宗介走过去,看见海面上泛着阳光,一片平静。他正要进入地下楼梯,水里传来一片哗啦啦的响声。德川宗介回头看到鱼儿成群跳跃,有的跳离水面一尺多高,有的鱼尾朝上头朝下,倒立水面,像螺旋一般飞快地打转。

鱼儿怎么了？它们在跳舞吗？

场面奇异又壮观，德川宗介停下来好奇地看着。他突然想起，他养的金鱼也很不安分地往外跳。

德川宗介又想起老鼠、蝙蝠的行为也很反常——动物的行为很反常，这说明什么？是不是某种警告？

德川宗介预感到不妙，转身跑向地下实验室，他要告诉爸爸！

通往地下实验室的楼梯上，堆放着一排箱子，把通道占去一大半，怪不得浅草阿姨提醒他，楼梯真不好走。德川宗介顺着挨挨挤挤的箱子下去，发现里面正有搬运工拖走这些箱子。

德川宗介和搬运工点头打招呼，进入爸爸的地下实验室。

他透过厚厚的玻璃，看见地下实验室内专家们都忙碌着。德川宗介轻手轻脚走向爸爸的休息室。最近一段时间，爸爸经常连续加班，他有一个单独的休息室，太累了就进去躺一会儿。

爸爸还在忙碌，德川宗介在休息室等了好久，他才停止手头的研究，脱下生化服经过好几道门，从实验室走出来。

"宗介啊，你怎么来了？"爸爸走进休息室看见德川宗介，好奇地问道。

"妈妈没有猜错，您果然忘了生日。"德川宗介笑着说。

爸爸恍然大悟，才想起自己的生日。德川宗介打开保温箱，拿出热腾腾的蛋挞给爸爸，爸爸大口大口地吃着。因为熬夜，爸爸那深邃迷人的眼睛布满了血丝，德川宗介猜测他可能饭都顾不上吃的。

德川宗介给爸爸倒了一杯热茶，正想说跳舞的鱼儿，搬运工人敲门进来，"德川先生，我能不能离开一会儿，今天我女儿过来，"搬运工手里拿着一个布娃娃，看了看手表，"我去接她，可还没有搬运完。"

爸爸伸头看看楼梯，还能通过，"你去吧！"爸爸说，"忙完再来做！"他把一盒蛋挞给了那位搬运工，搬运工感谢着走了。

"为什么把石板运进来？"德川宗介好奇地问。

"加固实验室，防止敌人攻击！"爸爸嘴里塞满了蛋挞，吐字不清楚地回答。

德川宗介看了看周围，再也没有比地下实验室更坚固的堡垒了，还要加固，看来这里有最贵重的东西需要保护。

德川宗介又想说跳舞的鱼，爸爸先开口了，"宗介，今天值得好好庆祝一下，我们研究出了对付霾的武器，再也不用担心霾家族了。"

"埋？"德川宗介没有听懂，"埋家族是什么东西？"

"音同字不同，不是埋没的埋，是雾霾的霾。"爸爸解释，"这个霾有点复杂，是大雨的雨下，一只狡猾的狸猫。"

德川宗介不明白了，雾霾的霾，需要爸爸这个核能专家来对付吗？"爸爸，你真的在打仗吗？"如果真在打仗，至少会有动静吧？比如飞机、枪炮。可外面日子如常。

"这是一场生物化战争，"爸爸呷了一口茶，"现在的战争已经没有'前线'这个概念了，"爸爸解释道，"因此不需要士兵和枪炮。"

战争不需要士兵和枪炮？这让德川宗介感到新鲜，他一直以为战争是人和人打仗。

"战争已经发展为以'斩首'为核心，打击经济设施为重点，摧毁敌国人民意志为根本的全新模式的战争。"爸爸解释道。

"全新模式的战争？"德川宗介不懂。

爸爸点点头，"打仗早就不用人了。机械化之后，就是信息化，信息化之后，就是生物化战争。"

德川宗介听松木校长讲过信息化战争——当你发射导弹的时候，敌人使用计算机就给你拦截了。

"你现在在打生物化战争？"德川宗介觉得不可思议，打仗还能坐在这里和他聊天？

爸爸又喝了一口茶，点点头严肃道："今天是决战时刻！"

德川宗介呵呵笑起来，"爸爸开玩笑的吧？敌人在哪儿？"

"我们的对手没有实体，却是致命的。"爸爸沉重道。

德川宗介惊讶地瞪大了眼睛，"没有实体？这仗怎么打？"

"我们现在的对手，跟以往任何敌人都不同，"爸爸郑重道，"它超越了我们对敌人的认识，刷新了我们的观念——这是一个你从来没有见过的、想不到的，任何故事以及影视剧都不曾出现过的全新的敌人。"

"我们没有任何经验，但必须要打赢这场战争。如果失败了，我们没有安全的地方可以撤离，敌人无处不在。"

爸爸说得那么严峻，德川宗介瞅了一圈，没有看到一个敌人。

"敌人是什么呢？"

"敌人不是以往那种坏蛋，也许没有实体，也许长得还可爱，也许是——"爸爸咽下蛋挞，"是我们自己！"

"我们自己？"德川宗介很惊讶。

爸爸点点头正要解释，丁零零，电话突然响了，打断了他的话，他放下手中的蛋挞去接电话。

"什么？海水异常倒灌二号机组？"爸爸浑身颤抖了一下，"好，我马上过去。"他放下电话，就往外走。

"你不吃了吗？"德川宗介问。

爸爸摇摇头，"这几天异常频发，战争就要打响了！"

德川宗介突然想起跳舞的鱼，他还没有来得及说呢。

爸爸根本不给德川宗介说话的机会，就招呼地下实验室所有专家跑了出去。到了门口，他又回过头来，"宗介，如果你回家，就把休息室的门关好，如果你等我，床边有化学书看。"

爸爸不等他回答就跑走了，德川宗介看着爸爸和同事跳着越过那些箱子，消失在楼梯外面。地下实验室只剩他一个人了。

德川宗介想起惊喜礼物——获奖证书还没有拿出来给爸爸

看呢，就等他一会儿吧，说不定很快就能回来。

德川宗介把桌子清理干净，又走到饮水机前，给杯子加满了滚烫的茶水。如果爸爸回来差不多凉了，就可以喝了。

做完这些，爸爸还是没有回来。德川宗介等了好久，感觉有些无聊。他想起船越雪乃一帮女孩会去家里看花，不如先回家吧。

德川宗介把茶杯放进保温箱里，准备关门离开，突然感觉自己的身体晃了一下。

是自己眩晕了还是房子晃动？他还没有弄清，紧接着电话响了，他跑去接电话。爸爸的声音很急促，"宗介，霾来了……核反应堆……实验室……进去！啊！"

爸爸一声惨叫，电话便断线了。

"喂？喂，爸爸你怎么了？"德川宗介对着电话紧张地喊。回答他的只有断线的嘟嘟声。

爸爸一向沉着冷静，刚才如此惊慌，话都说不明白了，肯定是发生了什么无法控制的紧急大事！

德川宗介挂上电话正想跑出去。他头上的灯吱吱两声，他突然间感觉站不住了，整个休息室在晃动，德川宗介意识到不妙，朝着出口跑去。

轰隆一声，出口塌陷了。实验室所有的灯光在闪烁不定。德川宗介看到地下实验室那些从不打开的、平时都是严禁入内的六道防护门居然都唰唰地自动开了。他知道核能实验室不能进去。平时那些专家都穿了好几层厚厚的生化防护服，才能进入其中。

德川宗介反应迅速，马上跑出去寻找另外的出口，却一头撞到墙壁上。此刻，房间剧烈摇动，他站不稳了。

这可能是地震，来得太快了！

德川宗介本能地爬起来就往外面跑。但是，房子晃动，顶上的沙土石块哗啦哗啦往下掉。他想起学校里应对地震的训练，顺手抓起桌上的保温箱顶在头上，准备往外冲。他刚一抬脚就被掀翻在地，头顶上的天花板塌下来，他在天翻地覆的晃动中滚入了敞开门的核能实验室。

他想跑出去，但坍塌就像多米诺骨牌，门口的坍塌导致实验室的墙壁也破裂了。在剧烈的摇晃中，周围的一切都支撑不住了。德川宗介想要找个角落，防灾培训课上，老师说过，地震来临，跑不出去就找个角落躲起来。

但大灾难来临的时候，可供选择的太少，他被一下猛烈的撞击甩进了最里面的实验室。

德川宗介在最后的灯光闪烁中，看见了"终极实验，禁止入内"的标识，看见了各种提示危险的符号，看见了那深埋在研究室深处从来都不许人靠近的危险的核反应堆。

德川宗介爬起来就往外面跑，但是一股炙热的不明气体朝他背后袭来，灯光旋即灭了，终极实验室内一片黑暗。德川宗介觉得浑身像无数针刺般钻心剧痛，但他还是咬着牙连

滚带爬朝门外逃命。突然，他觉得世界天旋地转，实验室的房顶连同竖立的各种仪器，轰隆一声砸下来。整栋实验室大楼坍塌下来。

烟尘荡起，犹如世界末日——跟德川宗介梦中的场景一模一样。可他没有看到，他被封在地下核能实验室内，昏死过去。

第四章

吃了研究药物

也不知道过了多久，德川宗介看到一道白光照射在小苍兰上。但他一眨眼小苍兰就不见了。他苏醒过来，意识到自己不在家中的花园，心中一阵难过。

他想睁开眼睛看，眼里全是沙子，难受极了，怎么也看不清。他喊爸爸，却呼吸困难，鼻子和嘴巴似乎被堵住了，想要抬手抹一抹，手也抬不动。

他抬头，咣当一声撞到天花板。这下子他彻底清醒过来，知道自己的衣服被压住了，他使劲扯拽，刺啦一声衣服袖子破掉，他的手能活动了。他抹掉脸上厚厚的沙土碎片，咳嗽好大一阵，终于呼吸顺畅了。他睁开眼睛，天花板就在脸的上方，他被压在一个狭小的空间里。

德川宗介弄清楚状况了：这是地震，实验室塌了。所幸的是他上半身还能动。一个厚重的钢铁管子给他撑起了生存空间。

尽管被压得变形，但是管子和墙角撑起了一个三角形生存空间，德川宗介幸运地待在其中，毫发无损地活着。唯一的不幸就是他右脚被压在一个仪器的胶皮垫子下面，已经麻木了，他使劲拽，就是出不来，他喊爸爸却没有回应。

他急得想哭。但他知道此刻哭泣是没有用的，还浪费力气。防灾培训课上也讲过，如果地震被压在下面，不要惊慌，能动的时候先把自己救出来。

他决定让自己冷静。

他查看了周围，便明白了不能等着爸爸来救，他是在地下的实验室，挖开救他需要很长时间。

他的小腿逐渐麻木，被压的地方已经开始变的紫色，等着爸爸来救，他肯定会失去右脚，最快最好的办法——是他自己把右脚弄出来。

他挣扎了一阵，抽不出来，压得太死了。

德川宗介趴在地面上，四处寻找工具，结果一无所获。他从地面找来玻璃碎片，用衣服包住一头当刀子，割开那胶皮垫子。不过不好弄，胶皮垫子很结实。也正是因为这胶皮垫子，他的脚还算完整无损。如果是旁边的仪器或者墙壁压下来，他肯定会失去右脚的。

他一点一点地割开，终于把脚抽了出来，脚已经像木头般动不了。德川宗介把脚拖过来，开始按摩。他牢记着学校教导的，如果还能动先保护好自己的身体。他一边揉着自己的脚，一边看周围，只有水泥板，他在此间失去了方向，不知道门在哪里。

他再次呼救，直到喊得很累，也没有人应答。爸爸一定急着在上面挖掘，没有听见，德川宗介想。

他刚刚停下来，又是一阵晃动——还有余震！

德川宗介快崩溃了，头顶的水泥板都裂开了缝隙，估计就要塌下来。残存的一点幸运也会变成悲剧，他肯定会被压死。

如果想见到爸爸，他必须活着离开这里。德川宗介蜷缩成了一团，紧紧缩在角落，保护自己的身体不被余震伤害。

余震把上面的水泥板震塌下来，很幸运只是砸在他面前，不是头上，他没死，但生存空间更小了。

余震过后，德川宗介忍住内心的崩溃，趴在地面寻找出口，结果发现四面都是塌落的水泥板和各种损坏了的仪器。没有出路，绝望的感觉袭上心头，德川宗介沮丧地倒在地上，他的胳膊碰到了一个滚动的东西。

是什么？

啊，是保温杯子！里面有给爸爸泡的茶水。他如获至宝，颤抖着打开盖子，喝了几大口，发现保温杯里的水早已冰冷，可能时间过了很久了。

现在他分不清方向，周围都是坚硬的水泥板、死沉的变形的仪器。他内心一阵绝望，但他不许自己蹲在角落哭泣。他赶走内心的绝望，让自己行动起来，他找来刚才的玻璃，开始一点一点地挖掘出口。

德川宗介相信，爸爸、佐藤叔叔、浅草阿姨甚至整个研究所的人，大家都应该在外面忙碌着救他。他只要挖开一点，就距离老爸近一点。

于是，德川宗介不停地挖呀挖呀！他又困又累，快要睡着了。但是，他不敢让自己睡着，再来余震怎么办？

他强迫自己忍着瞌睡，继续挖掘，实在撑不住了，就奖励自己喝口水。就这样一直不停地挖着，指甲都流血了，他还是不敢停止。最后，他累得浑身酸痛。他实在不想动了，真想一头睡过去呀。

但是，他不能睡，万一爸爸挖过来，就听不见了。他接着挖，不知道过了多久，他似乎听见了爸爸在外面叫他，让他伸手出去。

他一伸手，就摸到了冰冷的水泥板。德川宗介清醒过来，发现自己居然挖着挖着睡着了。他想到船越雪乃一帮女同学肯定在外面等着他呢！大家都约好了生日聚会，他怎么能睡着呢？

他又开始挖掘。挖了半天，清理出一条缝隙，头钻不进去。

他口渴难耐，又打开水杯，使劲地倒，还有一小口水，根本没有滋润到舌头，因为他嘴里都是沙土。

彻底没有水喝了，他看看前面，挖出了一条缝隙。他伸出手，外面没有阻挡，是空的，德川宗介心中一阵欣喜，出去有容身的空间了。

　　但缝隙太小了，钻不出去。此刻，他饿得难受。存身的空间搜索不下十遍，确定没有食物了，他又强迫自己拿起玻璃片，扩大那个小缝隙。

　　德川宗介一边挖，一边想着，时间不短了，肯定到了打篮球的时间，他跟冈田队长约好打球的。他得赶紧出去，冈田队长找不到他，肯定会很着急。他用力挖下去，小缝隙渐渐大了。他试了一次，挤不出去。他实在没有力气了，口干舌燥，嗓子都冒火了。

　　但是没有别的办法，他只得继续挖，想着幸福岛的人们肯定都在救他了，他不能先放弃了。

　　终于，挖开的小洞能通过肩膀了，德川宗介使劲往外钻，勉强挤出来。外面不是想象中的门，只是一个狭窄的缝隙，有两块水泥板的长度，前方又被阻断了。他看见门的碎片，知道了门的方向。爸爸肯定在门口挖掘，德川宗介开始大喊："爸爸，爸爸!"

　　没有回答，德川宗介心里又浮现放弃的念头。这么久了，没有动静，也许根本没有人来救他。

　　理智是个褒义词，但有些情况下，就不能理智分析，如果德川宗介理智冷静地看得太清楚，他会觉得没有克服困难的必要了，可能会放弃。

　　不知道是坚强乐观的性格使然，还是他故意不往坏的方面去想，他心里马上有一个声音否定了放弃的念头——怎么没有人来救他呢？

　　他约了好多人聚会，如果大家发现他不在，肯定会找他的。他得快点出去，想到这儿，他又集中精力寻找出路。

　　这个狭长空间里，都是碎石头、损坏扭曲的机器，没有可以利用的东西，更没有空洞可以钻出去。他找到一个面向门口的缝隙，又开始挖掘出口。

　　用掉了好几块玻璃碎片，洞口渐渐大了，他又钻出去。这里应该是外面的实验室，他看见了核能专家工作时候坐的椅子。他一阵狂喜，距离门口又近了一步啊！

　　此处没有大的空间，只是七拐八拐的小缝隙，德川宗介就在小缝隙里一点一点往外爬，遇到堵塞就用玻璃碎片挖开。他不知道时间过了几天，感觉到了跟清水裕老师约定看化学展览会的时间了。

　　如果大家都没有发现他失踪，清水裕老师会发现。德川宗介很确定，清水裕老师只有他一个朋友，肯定会在外面找他。他要出去，不能让清水裕老师失望。

　　德川宗介继续挖掘前面的碎石块，他看见前方有压扁的柜子，缝隙中露出来几只小瓶子，瓶内诱人的液体晃动着。德川宗介一下抓起来，他太渴了，想喝了瓶中的药水。但他强迫自己清醒，这肯定是实验室坍塌掉落出来的药物——爸爸研究的对付霾的药物，不能喝。

　　他把那几瓶药水放进口袋里。他知道不能喝，但是，对水的渴望让他舍不得丢弃这些液体。

德川宗介现在完全是靠意志力机械地挖着，他突然摸到了纸箱子，那是搬运工放的箱子，说明他快要到楼梯口了。

德川宗介高兴起来，他居然挖掘到楼梯口了！但是，眼前是沉重的箱子加上坍塌的水泥板，楼梯被堵死了。他不能上去，德川宗介又想放弃。

但仔细想想，这是通往外面的路啊！越过这些箱子，就是阳光闪闪的海面，就能呼吸到新鲜空气，能看到家人和朋友。想到这里，他决定挖开楼梯，他选择箱子旁边的碎片开始挖。他气喘吁吁，一点一点地挖着。就在他扒着碎片的时候，突然，纸箱子往下滑了一点。德川宗介拉着纸箱包装绳，使劲往下拽，箱子竟然滑了下来，出现了楼梯的台阶。

通往外面的台阶啊，通往活路的台阶啊！

他开心起来，继续拉着第二个箱子。可惜没有拉动，他没有力气了。好几天没有吃饭喝水，任何一个动作都能使他累到虚脱。他休息了一会儿，又开始行动。这次，他又找来一个尖利的石板碎片，扎开纸箱，抽出大理石。第一块抽出来，有了缝隙，可以把第二块也抽出来，他就用这个办法移开了第二个箱子。

又上了一个台阶。

这就意味着，他使用这种办法，能上到最上面的一个台阶。紧挨着是第三个箱子，第四个……

他移开了一个又一个箱子，似乎很容易。德川宗介正高兴，哗啦一声，上面突然落下来一根石头柱子，直直地竖在前面，把刚刚挖开的空间占满了。

德川宗介心情沉重下来，他试着挪动石头柱子，但那柱子上面压着水泥板，像定海神针一样纹丝不动。

他瘫倒在地，坚持不下去了，他要放弃。

但他走到楼梯上了啊！不远处就是地面了呀！德川宗介非常不甘心。他没有力气了，身体动不了。他迷迷糊糊掏出瓶子，里面有水呀。

他已经控制不住自己了。他拧开瓶盖子，把那药水倒进嘴里，一股冰冷的液体滑进了喉咙里，很辣。这痛苦的滋味让他清醒，他又开始挖掘。

上面有人，德川宗介迷迷糊糊地鼓励着自己，爸爸肯定在上头挖掘，因此柱子才掉下来。

"爸爸，爸爸！"他对着上面喊。

他听到自己的声音非常微弱。但是，只要能动他就不停下来，他把柱子旁边的碎石，一点点挖出来。

他不停地挖掘，已经到了半昏迷状态，不知道自己是醒着还是睡着了。

发现睡着了，他就强迫自己动起来。实在动不了，他就把药水倒进嘴里，会清醒一会儿，他就抓紧时间挖掘，又撕又拉那些箱子，甚至用牙齿去咬。

再挪开一个死亡障碍吧！他怎么也拿不动了。

　　这个不可能搬动，上面压着好几个箱子，他不行了。那些箱子排着长长的队伍，似乎通到了天堂，永远也拿不完。他使劲拉那些箱子，感觉自己轻飘飘的，要睡着了。

　　睡吧！睡着吧！睡着什么困难都没有了。他闭上了眼睛，死神就在这黑暗的废墟里面降临吧！

第五章

人间地狱

　　德川宗介不想放弃，却身不由己。他抬不起头，挪不动手，身体不听使唤了，只能趴着静候死亡来临。

　　该结束了，他已经拼尽全力。

　　突然，他感觉到凉凉的，他本能地扭动脑袋，嘴巴贴在凉的地方，很舒服，他伸出舌头舔了一下，似乎有水。

　　他开始舔水，把脸边的水都舔完了。他休息了一会儿，尝试抬动胳膊。他的手也触碰到了水。他伸出手摸，没有水泥板，再往前伸还是没有，左右摇晃了一下，没有阻挡。他意识到了什么，抬起头，一点一点爬着往前挪动。上面的地面都湿湿的，他又开始舔，甚至喝了一口，然后继续爬。

　　他挤进去一个空间，是水泥板压在箱子上，旁边形成了一个小小的三角形空间，前面没有阻拦，他往前爬。他模模糊糊看见了一丝光芒，而且他听到了哗啦哗啦的声音，从外面传入。

　　"爸爸，爸爸！"他又喊，声音很虚弱，喘气声都大过他的呼喊声，爸爸肯定听不见。德川宗介又开始扒碎石头，往前爬，把手伸进那个带着光芒的小洞里摇晃。

"爸爸、佐藤叔叔，救命啊！"尽管声音很微弱，但他还在呼救。

没有回应，但他的手感觉到了冰凉，那是外面的空气啊！他缩回手，还带了许多水珠——外面在下雨。德川宗介慌忙舔食手上的水珠，又伸手去接，就这样，来来回回好多次，他终于喝足了水。

休息了半天，他的眼睛也能看清楚了，那是外面，就是外面。

可是，头无法钻出去，洞口太小了，两边都是水泥板挡着，他推不动。爸爸为什么不来救他？他已经快到外面了呀。爸爸肯定是被困着了，或者受伤了，这样他更加需要出去。他使劲挤，让脸对着那个小缝隙，又开始呼救，"救命，救命啊！"他拼尽力气大喊。

等了很久，依然没有回应，德川宗介非常害怕。他不敢去想，他害怕崩溃。他只知道已经爬到了出口，不能放弃，他需要自己出去。

半昏迷中，他又摸到一块石板的碎片，开始挖掘缝隙。等它大了一些，他使劲往前挤着，突然砰的一声，前面那块水泥板倒地了。

前面是什么呀，闪闪发着光？

德川宗介感到一阵眩晕，他趴在废墟中闭了一会儿眼睛，又睁开看——那是亮光闪闪的海面啊!

他出来了呀!

德川宗介蠕动着爬出来,海面已经没有了大鱼跳舞,似乎刮过台风,树木都乱七八糟地倒在地面上。

不过,海面涌动着浪花,蓝色的天空令人兴奋——他出来了呀,他看见了天空,看见了海面,也能看见爸爸了。

一阵狂喜,德川宗介爬起来,踉踉跄跄跑向了海边,他伸出胳膊,似乎想要拥抱大海。

突然,他停住了。他要去拥抱爸爸妈妈,拥抱船越雪乃,拥抱冈田队长,拥抱清水裕老师,他要去找他们,向他们报喜——自己平安无事!

德川宗介转过身,没有想象中的热火朝天的震后救灾场面!这里好冷清,好凄凉,他感觉自己来错了地方——这里不是幸福岛。

绝对不是幸福岛!

眼前是令人无法相信的一幕——成片倒塌的楼房;倾斜的核能塔;破碎的圆球形安全壳;原子反应堆厂房裸露出钢筋,里面最先进也最危险的核能设施正刺刺地冒出危险气体。已经成为废墟的研究所大楼、躺在泥地上的断腿布娃娃都在诉说着这里发生过耸人听闻的灭顶之灾。幸福岛成了废墟,只有德川宗介一个人站着。他看着眼前的一切,突然感觉自己站不住了。

我在做梦,德川宗介焦虑地想,还在地震的废墟里没有出来，梦见自己来到了这么一个恐怖的地方。

"也许太害怕了，才做这么恐怖的梦。"德川宗介对自己说。他浑身发抖，不敢去细看。这里太熟悉了——他刚刚爬出来的地下实验室入口，还可以看见里面的箱子。

"不，这不是真的，不是真的！"德川宗介突然大喊起来，他支撑不住了，痛苦地蜷缩在地上。

他做梦，梦到了一个可怕的地方！

可是，无论怎么挣扎，他睁开眼睛还是废墟，他能摸到一切，他能看到自己血肉模糊的双手，他还感觉到了疼痛。

"爸爸，爸爸！"德川宗介大喊，他要去找爸爸。

他站起来跑，突然看见地上掉着一顶熟悉的大檐帽。房子没有了，眼前一堆废墟，佐藤叔叔从倒塌的窗户中伸出半个身子，仰头望着天空。可是他的眼睛看不见了——他的眼珠暴突出来，脑袋碎裂了。

"不！不！这不是佐藤叔叔。"

德川宗介惊恐地后退着，转身跑向爸爸的办公楼。他看见浅草阿姨弓着腰站在废墟上。一瞬间，德川宗介脑海里浮现了晚上做梦的画面：爸爸站在废墟上一动不动。此刻，眼前的画面跟梦中一模一样，只是换了人。

德川宗介有些分不清虚幻现实了，他跑到前面，看清了那个爱笑的浅草阿姨，被钢筋穿透胸口，垂挂在一块大石头上。

"啊！不！"

德川宗介无法接受，惨叫着转往另外一个方向，他突然看见自己骑着过来的蓝色单车，已经扭曲成麻花，倒在断裂的马路上——就是他看见老鼠搬家的地方。

这不是做梦！德川宗介明白过来，眼前一黑，一头栽倒。

不知道过了多久，有人朝他泼水。德川宗介醒了过来，睁不开眼睛，雨水浇得他呼吸困难。德川宗介翻身趴下来，过了很久，他才明白过来，是在下雨，非常非常大的雨，幸福岛被笼罩在雨雾之中。

他看着周围这片废墟，这个可怕的噩梦不知道要持续多久，他会不会无法从噩梦中醒来了？

大雨中，德川宗介再次爬起。他想回家，他应该去找妈妈或者去找救援。可是地面裂开一条大峡谷，他无法过去。

德川宗介转向海边。他找到了一条小渔船。他准备开船回家。此刻，大雨已经转小了，他寻找家的方向，突然发现幸福岛周围的附属岛屿不见了。

他不敢相信，开小船绕幸福岛转了一圈，周围海面上空荡荡的，他居住的四号绿岛没有踪影了。

怎么可能？

他怀疑自己太着急，脑子糊涂了，就让自己冷静，开船又绕了一圈，终于看到沉入水中的大桥。

那桥通往大玉村所在的绿岛，现在断裂沉入水中，大桥尽头，空无一物，没有岛屿的踪影。

他怀疑自己弄错了，一座岛屿怎么能消失不见呢？

他又绕了一圈，海面上还是空荡荡的。晚上的噩梦再次浮现在脑海里——恶魔吞噬了小岛？

德川宗介开着小船，驶向大桥尽头，那里似乎风平浪静，没有家的影子。他继续往前。现在，他脑子一片空白，想不起来一公里有多长，需要走多长时间。他就这样开船走着，一直走。茫茫大海上什么都没有。他周围全是海水，他感觉自己还在梦里。

德川宗介受到核辐射和防霾药物的双重影响，脑子开始出现问题。

第六章

海上奇观

德川宗介从小船里翻出了一个剃须镜，一桶汽油，一桶淡水，一箱子压缩饼干。虽然这不是标准的救生艇，只是一条普通的木质小渔船，还是备有简单的救生设备：一块塑料布、救生圈、驱鲨剂、酒、海区图和一条绳索。

德川宗介疲惫不堪，倒在船舱中的时候发现了这些东西。他一直高度紧张，终于支撑不住倒了下去。他以为自己会死掉，也许他的苦难还未到尽头，他发现小船上有备用物资。

他喝了水，吃了两块压缩饼干，就倒在船舱中睡着了。

醒来的时候，小船在海上漂着。他不知道过了多长时间，他没有钟表。他能爬起来的时候，就继续开船，只要往家的方向，肯定能走到家。

他又在海上开了一天。他只想回家，至于回家干什么，他已经想不起来了。他感觉自己的脑子不能转动了，就好像做梦一样不能控制。他仿佛记得还有未完成的事情等着他。他必须回家。

他就这样一直开着小船，直到燃油耗尽才停下来。他找到那桶备用的燃油，全部倒进去，又开船上路了。

他很着急，一刻都不停留。他觉得有非常重要的事情，晚了不行，他急得直抓头皮，却抓下来一大把头发。他好奇头发怎么都掉了，又发现自己的腿站不直了。一旦有空闲时间注意到自己的身体，他就发现不对劲了。他几乎站不住，佝偻着身子开船，胸口难受无比，浑身都灼热刺痛。他还发着高烧，嘴上布满了水疱。

他想，肯定是太阳曝晒所致，完全不记得自己曾经跌入核能实验室，曾经在满是核辐射的岛上跑来跑去，也不记得曾经因为饥渴喝下了许多防霾药物。

他咬牙坚持开船不敢停歇，他知道一旦停下来，可能就再也爬不起来了。他就这样一直往前开，直到燃油耗尽没办法走了，他才停下来休息。

他吃了东西，躺下来迷迷糊糊睡了一觉，再爬起来看，周围还是没有家的影子。清醒的时候他会思考，是不是弄错了方向？他是顺着大桥方向走的，如果方向是对的，怎么还不到家呢？

德川宗介内心很焦虑，他隐隐记得有人等待着救援，时间就是生命，他不能耽搁。于是他又强撑着起来，找到备用船桨开始划着回家。

他就一直朝前划，满天星斗时在划，太阳下也在划。尽管

不辨方向，尽管大多数时候，他都迷迷糊糊，但他始终没有停下来。直到吃完了食物，喝完了水，他抬不起胳膊了才倒在了船舱中。

他躺在船舱里，发现身旁都是头发，搞不清是谁的。过了半天他才想起摸摸自己的头，他的头发都掉了。

满地的头发不能吃，他翻遍了整个小渔船，只有空盒子，他吃完了所有东西。

求生的欲望，让他不甘心等死。他拿出那块塑料布，按照随船携带的救生手册要求，展开塑料布，等着下雨收集淡水。

太阳高悬着，越来越热，没有雨的迹象，他昏昏沉沉地等待着。清醒的时候，他会用力抬头看一眼。此时，远处出现一艘大货轮，那是上天给的希望啊！德川宗介不知道从哪里来了力气，爬起来呼救，甚至使用剃须镜反光。但是，距离太遥远了，大轮船没有看到他，最终消逝在远方。

德川宗介像泄了气的皮球般瘫软下来，又陷入昏昏沉沉中，漂泊了不知多少天。这一日，他真的等来了雨水。

天上一大块乌云，里面不时有闪电发光，从海面上连接到天空，宏伟极了。他知道这是能撕碎大船的海上风暴。他拿出船桨徒劳地划水，想要躲避风暴。但人在大自然面前太渺小了，他就像一个小蚂蚁趴在树叶上飘摇。风暴越来越近，他无法躲开，只得使用那根备用绳索，把自己和小船拴在一起。

风暴过来，夹带着雨水啪啪地击在塑料布上，他抓住机会喝了几口雨水，最终无法抵御风暴，蜷缩在船舱中。

风暴呼啸而来，小船被抛上了浪尖，他在船舱里面翻滚。

小船被抛向浪尖，又跌入谷底，德川宗介撞上了塑料布，又被反弹到舱底，磕到鼻子，血流在船帮上，他正好抓到血迹，一个颠簸他的指甲被抓飞了。

"啊!"德川宗介惨叫着，钻心地疼痛。

紧接着，他又咕噜噜滚到了前面的机头上，被甩到了船外，他紧紧地抓着驾驶把手。

小船倒扣过来，他沉入水中，一个大浪又将他推出。小船翻了个身，他的胳膊扭到了，松开了把手，他被浪花吞没了。

大浪蹂躏着小船，他被绳子拖拽着起起伏伏。被高高抛起砸在水面上，又被浪花压在海水中，接着被冲到浪峰的小船拖拽出来。

德川宗介时而清醒，时而迷糊。他已无力挣扎了，他没有发现自己的船被风暴分解成几块木板，他趴在其中一块小木板上。

此时已经风平浪静，他就在海面上漂着，不知道这场风暴已经将他吹到很远很远的地方了。他整个人已经无法动弹，静候着死亡降临。

此刻，蔚蓝的大海连着纯净的天空，像一面镜子，天空中悠然飘着洁白的云朵，那么纯洁! 那么宁静! 那么美丽!

德川宗介趴在木板上，感觉自己到了天堂里，他就这样呆呆地看着。云朵像洁白的棉花飘在蓝天下，不时变幻着形状，一会儿像个小羊羔，一会儿像个大狗熊，一会儿像个白衣飘飘的天使。

德川宗介正惊讶太像了，突然，那天使似乎听到了什么异常，伸长脖子朝远处望。德川宗介顺着他的目光看过去，一大群鲸鱼跳跃着过来，它们都在慌张逃跑。

能有什么东西，让海里的庞然大物如此惊慌失措呢？

鲸鱼群鸣叫着逃过去，海水下面便出现一团巨大的暗影。那暗影游到德川宗介附近，似乎感觉到了什么异常，伸出海豚样的小脑袋，抬头望着天空。

天空中的天使忽然动了。德川宗介弄不清楚，是天使在睡觉，看起来像白云，还是白云变成了天使。

那天使忽地坐起来，他似乎看到了海里的暗影，就扑棱一声展开翅膀，轻盈地飞下来，落在海面上。他太干净了，一尘不染，发如雪，洁白的翅膀，就连长袍也是云做的，散发出神圣的光辉。

这天使落在海面上，与此同时，暗影似乎害怕看到这天使，迅速沉入海底深处消失了。

天使在海面上寻找。最后，他转身朝着德川宗介这边走过来。

德川宗介弄不清楚这是梦境还是现实，他就一动不动地看着。这天使也如白云般轻飘飘，能在水面上行走如履平地。

他越来越近，似乎在寻找水下的暗影，最后一无所获。他摇摇头,叹了一口气,倏地张开巨大的漂亮翅膀,飞回了天空。他收回翅膀躺下去,就变成了一团洁白的云朵。

德川宗介看着这海上的奇观,弄不清楚是海市蜃楼,还是人临死之前,脑海中出现的无意识画面。

他确定自己已经死了,才来到天堂,看到如此干净美丽的天使。德川宗介缓缓撒开手,他以为灵魂就是这样升天的。

但他的手被一个东西卡住了,疼痛让他清醒过来。是一个尖利的钉子扎进了他手心的肉中。他把手拿开,才感觉到胳膊被抬得一动一动的,他移开胳膊,发现下面压着一条小鱼,大概是鲸鱼群过来的时候,慌张逃跑的小鱼跳到他的木板缝隙里。德川宗介饿极了,他一口咬住了活蹦乱跳的小鱼,吞进嘴里。就是这生鱼肉救活了他的命。

他再次看见了满天的星斗,好亮好亮啊!他又漂了一天,看见了太阳,好热好热啊!日夜交替,他随波逐流,不知道漂到了哪里。迷迷糊糊中,他似乎看见了远处的绿树,那儿有一眼望不到头的陆地,长满了参天大树。他看见了白色的群鸟从绿树中飞起,在蓝色天空下翱翔。一阵欣喜流遍了身体,他看到了家!他终于到家啦!

德川宗介一阵激动,抬起胳膊划水,他划呀划呀,朝着岸边移动。真的是树木,如果再划几下,大家肯定就能看见他了,他努力抬起胳膊,划了一下,又划了一下。

远处似乎有个模糊的影子,他努力睁开眼睛,看见一只小狸猫跑过来。

那狸猫发出了可怕的狮吼声。然后他听见一个声音，"不要伤害他，小霾！喂，喂！你还好吗？"

啊！有人过来了，他终于找到人了，德川宗介再也支撑不住，昏迷过去。

第七章
玛丽塔

德川宗介觉得自己还是飘飘忽忽，在波浪中荡着。

他还漂在海上？没有人来救他？希望又一次破灭了？木板还在吗？他突然想到，慌忙去摸木板，却触碰到一个温热的手。

他惊醒了。

眼前人影晃动，他的身体并没有动。他使劲眨眨眼，好让自己看得更清楚，是一个长发的女人。

一定是妈妈，他终于到家了，想到这里，德川宗介开心地笑了。

"啊，你醒了!"一个陌生的声音。

德川宗介又眨眨眼睛。这次他看清楚了，不是妈妈，而是一个少女，她长长的亚麻色鬈发慵懒地披散在肩膀上，高鼻深目，有些像北方的少数民族，穿着水蓝色长裙，那像受惊小鹿般的大眼睛，正十分紧张地看着德川宗介。

"你还好吗?"女孩有些胆怯地问。

德川宗介打量女孩，完全不认识。他一脸迷茫，想要寻找熟悉的环境，但放眼望去，这里非常陌生：泥巴糊的墙壁，木头做的床，破旧的柜子，屋子里闻起来有一股浓烈的草药味道。窗外是洒满阳光的绿树叶，看起来有初夏的味道。

女孩看到德川宗介转动眼睛，松了一口气，对着门外道："老医生，快来，他醒了。"

德川宗介才发现房子门口还有个穿着白大褂的和蔼老头，正在研磨草药。他六十多岁，有青木灰色的头发，下巴上戴着口罩，脖子上挂着听诊器，一看就是医生。他走进房间，"啊，孩子，你终于醒了。"他声音温暖。

老医生过来，看看德川宗介，年轻人确实有一种蓬勃的力量，这么严重的病情，所有医生都认为这男孩没救了。

现在，他居然睁开了眼睛，还在到处看。老医生拿着听诊器，听了听他的心跳，满意地点头，"玛丽塔，给他喝水！"

"好的，老医生。"女孩转身出去，不一会儿就端来半碗温水。

德川宗介喝了几口水，老医生就松了口气，"终于能喝点水了。"

喝了水，德川宗介躺下来休息，听女孩玛丽塔和老医生谈话。他们有奇怪的口音，跟他记忆中的口音不一样。

记忆中的口音是什么样呢？他想不起来。

德川宗介躺在床上，想了半天，好像记得他要回家，于是主动问道："妈妈呢？"

老医生和玛丽塔停止说话，回过头看他。老医生走到他身边，"孩子，玛丽塔发现你的时候，就你一个人漂在海上。"

玛丽塔点点头，"我看了，海面上没有别人。"

德川宗介没有明白他们说的话，一脸茫然地看着他们。

"你是不是遇到了海难，大船沉没，只有你漂流到森林王国？"老医生问。

德川宗介回想自己遭遇了什么。可是，他的脑子好像不会思考了，大脑里一片空白，他一点儿都想不起有大船沉没的事情，甚至都记不起自己是怎么来到这里的。

德川宗介摇摇头。

"哦，没事，"老医生安慰他，"多休息几天，也许就想起来了。"

在老医生看来，这孩子一定遭受了大灾难，他这副模样，这般严重的病情，不是一天两天形成的。老医生尝试用自己毕生的经验治疗他。

老医生把研磨好的草药搅拌成糊状，端到德川宗介的床前，解开他手上的一层层纱布，打开包扎。德川宗介才知道自己的手指甲都掉了，那是怎样的一双手啊！十个指甲全部掉完，手指头血肉模糊。

老医生推测，他有可能掉进了枯井里，没有人去救，自己用手指头扒着一点一点爬上来的，因此成了这副惨样。

"那他浑身的创伤呢？"玛丽塔问。

德川宗介才发现自己全身都缠绕着白色纱布，像个木乃伊。

老医生给他手指头涂抹上药物，重新包扎。接着又把他身上的纱布一层一层剥开，德川宗介才知道自己浑身上下包着厚厚一层草药。

老医生扒开那些草药，德川宗介突然看见一个陌生的胳膊，他惊讶地看着，那是多么可怜的胳膊啊：皮肤松弛，黑不溜秋，骨瘦如柴，手就像电视中骷髅鬼的爪子，正溃烂流水惨不忍睹。这恶心又丑陋的胳膊竟然放在他身上。

"啊！"德川宗介惊恐地喊道。他想躲避开，可是胳膊抬了起来，他顺着胳膊看去，最后发现就长在自己肩膀上。

"这是我的胳膊？"德川宗介不敢相信地问。

他看见玛丽塔十分吃惊的表情，看见老医生难过地点点头，想把他扶好。

"这个不是我的胳膊，"德川宗介激动起来，"不是我的！"他怎么可能有这么难看的胳膊？德川宗介无法接受。

玛丽塔震惊又害怕地看着他，就像看着一个精神失常的病人。

老医生看到他情绪激动，就让玛丽塔往药里面加点镇静剂。

德川宗介不理会他们，他把胳膊抬到眼前仔细看——这明明是老人家枯瘦如柴的胳膊，怎么长在他身上呢？

老医生了解他的心思，轻声安慰道："别急，孩子，"他的声音令人安宁，"你以前的胳膊是什么样的呢？"

以前是什么样？这可难倒了德川宗介，他根本不知道自己以前是什么模样，他想了一会儿，才发现每次想东西，脑子里都一片空白，越是急着想起，越是什么都想不起来。

"我不知道，但这个肯定不是我的胳膊，"德川宗介无法接受，痛苦地摇头，"不是我的。"

老医生十分理解，说了一堆宽慰的话，说他好多天没有吃饭，没有喝水，雨打日晒，才如此消瘦的。

老医生轻言细语，像哄孩子似的，然后把那些草药全部糊在他身上。那些草药冰凉舒服，浑身也不那么灼热了，德川宗介的情绪渐渐平复下来。

老医生又给他换了绷带重新包扎。德川宗介终于知道，一醒来闻到的草药味是从哪里来的——就在自己身上啊！他被草药包裹了一层。

处理好伤口之后，玛丽塔端来一大碗稀饭，德川宗介一点儿也不想吃。

老医生非常担心，如果不吃饭，他就可能无法挺过危险期。

"你吃点吧！"玛丽塔端着饭碗恳求。德川宗介没有一点儿胃口，他沉浸在胳膊的痛苦里。

有大病的人，如果能吃饭就会好得快一些，如果不能吃饭身体会十分虚弱，病情会持续恶化治不好。

玛丽塔突然想到一个办法，"我知道你的胳膊是什么样子。"玛丽塔想，如果他不满意自己的胳膊，说明不是现在这个样子，"嗯，应该是一条健壮的胳膊，像篮球运动员的胳膊？"玛丽塔试探地问。

看来她蒙对了，德川宗介一脸惊喜。

"把这碗稀饭吃完，很快就能恢复强壮的胳膊了。"玛丽塔哄劝道。

德川宗介认为她说得有道理，就吃了一大碗稀饭。老医生放心了，能吃能睡，问题就不大了。

身上的草药减轻了灼热感，确实让德川宗介睡了一个好觉。他好久没有这么安稳地睡过了，一觉就睡到了第二天早上十点。

玛丽塔在研磨草药。老医生要她研磨大量的草药。

老医生行医一辈子，从未见过被核辐射这么严重的病人。而且不只辐射，他还有可能吃错了什么药，两样重叠，导致他基因变异，而且身体跟别人不一样了。医院都觉得这个人没救了，而且也没有合适的药物可以治疗，就放弃了抢救他。

医院把这个孩子当成无药可救的死人。只有老医生就他受到的核辐射做了深刻的思考：他受到的核辐射是不是来自幸福岛？如果是，这说明什么？

说明他是那场超级大灾难的唯一见证者，许多东西也只有他知道啊！这可比什么都珍贵！老医生愿意用毕生的经验来救治这个男孩。

玛丽塔正在研磨草药，突然发现病人已经醒了。

德川宗介早就醒了，他没有吭声，一直看着女孩的漂亮鬈发。玛丽塔，这女孩的名字真奇怪，跟他记忆中的名字完全不一样。

记忆中都是谁的名字？他一个也想不起来了。这里应该距离他家很远很远了。

女孩的大眼睛总是在打量德川宗介，她看起来有些胆怯。大概是自己包裹着白布的样子有些恐怖吧？德川宗介想。

玛丽塔端来一碗粥，德川宗介觉得很饿，居然吃完了这一大碗。

"嗯，这是什么地方？"德川宗介吃完就问。

"森林王国。"玛丽塔还是一副怯生生的样子，羞涩地笑了一下问道，"听口音你是东樱岛国的人？"

德川宗介摇摇头，他不记得东樱岛国。

"没有关系，慢慢会想起来的。"玛丽塔安慰他。

德川宗介躺在病床上，一直想着自己是从哪里来的。他只要一集中精力去想，脑子里就一片空白，什么都没有了。

他苦思冥想到了晚上，什么也没有想起来。老医生过来，德川宗介忍不住哭起来，"肯定是这里出了问题，"他指着自己的脑袋，"我什么都想不起来！"

人没有记忆非常可怕，就好像一部外壳漂亮的手机，里面没有任何内容—— 一点儿也不好玩，简直就是废品。

老医生拍着他的肩膀，安慰道："别哭！孩子，别哭，你遭了大难！"

他肯定是幸福岛大灾难的唯一幸存者，他能活下来真不容易。

那场震惊世界的灾难：四座小岛沉入海底，大岛夷为平地，九级大地震加上核爆炸，没有生命可以幸存。"你活下来，已经是个大奇迹，至于脑子里面的东西，忘了就忘了吧！"

"那我是谁？"德川宗介问，"我叫什么名字？"

老医生尴尬了，他可回答不上来这个问题。

德川宗介转向玛丽塔，"你知道我是谁吗？"德川宗介满心期待，玛丽塔知道他过去的胳膊是什么样子，也应该知道他是谁吧？

第八章
你的名字

"我是谁?"德川宗介问。

"你是谁?"玛丽塔反问。

德川宗介点点头,他有很多问题想问:我是谁?我从哪里来?我要到哪里去?

玛丽塔惊呆了,这些问题能问别人吗?一般人都知道自己是谁吧?可是,这个病人没有开玩笑的意思,很急切又很认真地想要知道自己是谁。

老医生看到两个人都很惊讶,就找个借口把玛丽塔拉到屋外,告诉她这个孩子可能脑子有问题。

"脑子有问题?"玛丽塔不相信。

"嗯,就是那种智商不足的类型。"老医生猜测,"从脸上看,应该不是先天智障,也许是不明药物,或者核辐射造成的。"

老医生现在还无法确定这孩子傻到什么程度,但可以肯定他脑子有问题。

玛丽塔明白过来，原来他有些智障，怪不得问别人，他自己叫什么名字！

玛丽塔又担心起来，老医生一生悬壶济世救过很多人，他不能把所有救活的人都留在身边，"老医生，他以后怎么办？"

"毕竟是一条人命，我会把他治好，"老医生说，"至于好了以后，我们只能把他送到孤儿院了。"

德川宗介却不知道自己已经被安排了前程，他正绞尽脑汁，回想自己的名字。如果他都不知道自己叫什么，别人不把他当成白痴才怪呢。

什么都可以忘记，自己的名字怎么能忘记呢？德川宗介想啊，想啊，就是想不起来。最后，玛丽塔给他一个本子和笔，建议他试试能否写出来。

德川宗介拿起笔想啊想就睡着了，到了第二天，他才想起其中一个字，应该有三道。

"三，"玛丽塔肯定，"你写的是三！"

老医生猜测他在家里排行第三。

"三，小三，"玛丽塔看着这男孩，"你家人应该不会叫你小三吧？"她说出来之后，居然咯咯笑起来，她自己也觉得听起来不妥。

德川宗介摇摇头，肯定不是三，这听起来很陌生。

玛丽塔又在自己手心里画，横着画三道，竖着画三条，"如果竖着就是川，你有可能是叫小川？"

德川宗介摇摇头，老医生又问他爸妈的名字，他还是不知道，什么都不记得了。老医生寻思着，这孩子知道回答问题，眼神也不是痴痴呆呆，应该不是严重的智障。可是他说话以及行为——

"有没有听到过别人叫你傻子？"玛丽塔直接问，"或者说你脑子有问题？"

老医生赶紧朝着玛丽塔使个眼色，不要她这么直接问，要照顾病人心理。

德川宗介无所谓，"不记得。"

"你应该是脑子少根筋那种吧？"玛丽塔分析。孩子说话总是这么直接。

"少根筋？"德川宗介很惊讶，"我脑子不只少根筋，内容也不见了，什么都想不起了！"德川宗介带着哭腔很认真地说。

玛丽塔咯咯笑起来，老医生也忍不住了，"哈哈，这孩子真是脑子少根筋啊！"

"脑子少根筋没有感觉，"德川宗介苦恼道，"但是少了内容，我不知道自己是谁。"

玛丽塔终于忍不住哈哈笑起来，后来，她真诚地建议，不如就叫小川吧。

"小川？"

"嗯，不错，"老医生赞同，"人总要有个名字的。"

"你应该叫什么川，或者川什么，你想不起来，那就暂时叫小川吧。"玛丽塔说。

"小川就小川吧!"德川宗介同意,等他想起来再改也不迟。

"小川,你想吃什么?"玛丽塔开心地问,"我帮你去做。"

"谢谢!"德川宗介说。

不,他不叫德川宗介了!

这个陌生的地方,没有人知道他的名字,他自己也不记得了。德川宗介这个名字随着家乡一起消失了,不会再有人提起。

老医生给了他新生命,玛丽塔给他取了新名字——他等于重生了。从此以后,他就是小川。

一个全新的人。

小川在努力适应这个全新的地方,崭新的名字。

他从玛丽塔口中知道了自己的经历:他可能是幸福岛大灾难的唯一幸存者,在海上漂流了整整一个月,被玛丽塔所救。

三月中旬,幸福岛发生了震惊世界的大地震。而四月中旬,玛丽塔发现在海面上漂泊的小川,已经奄奄一息!是玛丽塔救了他,然后找来老医生,给他治病。

老医生并不是玛丽塔的爷爷,而是住在山下村子里面的老中医。他从医院退休,回到这个偏远的小村养老,时常用草药帮忙给周围的村民看病。

他天天调制各种草药给小川治疗,隔天就给他换药,这样治疗了整整一个月,小川能下床活动了。

他能起来,第一件事就想去道谢。他刚刚准备走出屋子,就听见老医生和玛丽塔好像在院子里讨论他的病情，小川停下脚步。

"带着核污染，这就很能说明问题了！"老医生的声音。

"我们与东樱岛国隔着茫茫大海，他是不可能过去的！"玛丽塔带着不相信的口气。

"那你有没有看到他触碰小川！"老医生问。

"没有，他站在一边，没有触碰小川！"玛丽塔很确定。

小川意识到他们不是在讨论自己的病情。

"唯一能解释通的，就是核爆炸的时候，他在幸福岛。"老医生说，"他失踪了那么多天。"

"他去幸福岛干什么？"玛丽塔不解地问。

"我们对他了解太少了，"老医生叹了一口气，"我再活六十年也不可能研究透他。"

老医生说着站起来，小川慌忙回去，担心他们发现他在偷听。不过，他稀里糊涂什么都没听明白。但他隐隐约约觉得，他们讨论的与自己有关。

玛丽塔和老医生都是非常善良的人。老医生说小川需要营养，就把自己家养的老母鸡贡献出来给他煲汤喝。玛丽塔天天帮忙研磨草药，又给小川做饭吃。

吃饭的时候，她总是把好吃的给小川，说他太瘦需要增加营养。小川的病情恢复得很快，之前老医生隔天过来一次，后来延续到三天。直到现在，一个星期来一次，小川感觉自己完全好了，他能走动了。

今天，他第一次走出院子。

他发现自己就住在一个临海小村的半山腰上。他走到门口，望着远处的海面，希望能看见几座小岛。他踮起脚尖看，海面上没有任何小岛，只是天空连着海面，几只海鸥掠过。

他略感失望地收回目光，看到山脚下有七八座房子，是个人烟稀少的偏远村庄。半山腰上有三栋泥土房子，他们住着其中一栋，其他两栋都空着，看来很破旧了。可能是大家觉得住在山上不方便，就在山下建了新房子，这里就废弃了。

虽然房子破旧，但是空气良好。人很少动物很多，院子里有许多只鸡，外面的池塘里有一群鸭子，门口卧着一只小狗，还有两只小猫在墙头上嬉戏。一派乡野的气息。

玛丽塔在房子后面的菜园里正忙着，小川轻手轻脚走过来，想要吓她一跳，却发现田埂上蹲着一只黑色小狸猫。这个小动物摆动了一下耳朵，就悄无声息地转过身来。它看见小川，立刻紧张万分做出攻击的姿势：浑身的毛竖起，圆圆的大眼睛警惕而害怕地盯着他。

小川停下脚步，与小狸猫对视，发现它虽然长着狸猫的脸，却有小狗那样萌萌的大眼睛。它蹲在地面上直立身体，居然像小松鼠那样。刚才它抬起前爪，从嘴里吐出一个果核，拿在手里，正警惕地晃动着小松鼠那样毛茸茸的大尾巴，紧盯着小川。这个小动物有点像动画片中的皮卡丘，就是尾巴、耳朵不一样。

小川一时间没有辨认出它属于什么动物。但他认出了那双眼睛，漂流到海边的时候，第一眼看见的就是它。

小川靠近，想要看清楚是什么动物。小动物非常胆怯，小川前进一步，它就后退一步。看见小川一直追着不放，它终于发怒了，生气地吱吱叫着朝小川扔果核。

小川被果核砸到脑袋，就生气地吓唬它。小狸猫像一匹受惊的野马，四处乱窜，逃到另一栋泥土屋子旁边。

小川没有和玛丽塔打招呼，就好奇地追赶过去。

小动物发疯般地逃跑，慌乱中跳上了矮树丛，飞一般地踩着矮树逃跑了，转眼就不见了踪影。

小川觉得心情极好，出来走走，就能遇到这么好玩的小动物。他寻找了一圈，不见小狸猫，就顺着房子溜达了一圈，返回去了。

玛丽塔从菜园回来，采摘了许多新鲜果蔬，做了美味可口的饭菜。小川吃了两碗饭，玛丽塔很开心并把好吃的都挑给小川，说他吃了快快长肉。

下午，老医生又上山来，给小川拆掉了包扎绷带。草药清除了小川身上的创伤，他的皮肤不再溃烂，神奇般地好了，手指头上的指甲也长出来了。

玛丽塔非常感激，送了许多蔬菜和一篮子蘑菇给老医生。小川也很感激，但他却没有什么可以送的。他认为什么东西都不足以表达他的感激之情。老医生和玛丽塔重新赋予他生命，让他重生！

小川想到这里，就扑通跪倒在地，朝着玛丽塔郑重其事地磕了三个头。

玛丽塔不知道怎么回事，吓了一跳，慌忙躲到老医生身后，"你做什么呀，小川？"

"谢谢你救下我的命！我不知道怎么感谢，只能——"他又转向老医生重重地磕了三个响头，老医生就好像他的再生父母，"谢谢你给我生命！"

"说谢谢不用跪下的，不用跪下！"老医生慌忙扶他起来。

"老医生爷爷，"小川认真道，"我什么都愿意为你做，报答你的救命之恩。"

"救人性命是医生的职责！"老医生不以为然。

小川感激万分，他抢着做事想要帮忙，但他们都让他休息。他不想再躺在床上，病情已好，天气也不错，他连屋子里都不想待了，又溜达出院子，想要去旁边的菜园里帮忙。

来到屋后，他发现小狸猫跑过的地方，矮树丛都枯萎了，一条S形的枯萎带，清晰地显示出它逃跑的方向。

小川走过去，用手一摸，那些枯萎的树丛都成了粉末，这是怎么回事？他只看到小狸猫踏着矮树丛过了一趟，这些树木怎么就枯萎了？

小川百思不得其解，就叫玛丽塔来看枯萎的树丛。

玛丽塔一看，又生气又紧张地问小川："你看到它了？"

"我没有看出那是什么动物。"小川承认道,"你知道那是什么吗?"

"哦,那是,那是——"玛丽塔结巴道,"那是小霾!"

"小埋?"小川没有听懂,他不记得有什么动物叫小埋。

"当然是像狸猫那个霾!"玛丽塔没有空闲时间给他解释那么多,她要小川在家待着,她就顺着S形的枯萎带跑向了深山。

小川不明白,玛丽塔紧张什么呢?像狸猫那个霾是什么动物?它怎么能把矮树丛弄枯萎呢?

第九章
陌生的自己

厨房里热火朝天，小川正挥汗如雨，做着那些黑暗料理。

他本来想要帮忙的，但玛丽塔让他回家待着，他决定做饭。如果玛丽塔回来就有饭吃，也许会轻松一些。他去了菜园，采摘了许多蔬菜，准备做四菜一汤。他以为做饭很容易，到了厨房才发现，把菜做好吃还真难。他把红烧茄子做成了黑色的——快要煳了，他正考虑要不要加点水，玛丽塔回来了，一副心急火燎的样子，比炒菜的大火还要猛烈，她吧嗒一声就关了燃气炉，"不吃饭了，现在搬家！"

小川放下锅铲，走出厨房，才发现玛丽塔紧张兮兮的样子，跑去房间里收拾东西。

有没有搞错，怎么搬家呢？小川感到莫名其妙，他们在这里住得好好的。但是，玛丽塔显然没有搞错，她说走就走，已经往箱子里收拾衣服了。

小川有些不知所措，饭菜做了一半，"是不是吃了饭再——"

　　玛丽塔马上摇头，"不行，小霾弄坏了一大片山林，很快就会有人发现的。"

　　"那个小狸猫弄坏了山林？"小川瞪大了眼睛，那些并不是珍贵树种，"需要赔偿很多吗？"

　　玛丽塔停下收拾看着他，"小川，不是树木的原因，我们赶快走吧。"

　　既然不需要赔偿树木，为什么要搬家呢？

　　"人们很快就会发现，我不能住在这里了。"玛丽塔急匆匆的，做好的饭菜都顾不得吃，都倒给院子里的动物们。

　　"你们吃饱了，都走吧！"玛丽塔对那些小动物说，然后她就锁门离开了这所房子。

　　玛丽塔匆忙下山，小川提着她的行李紧随其后。他不知道玛丽塔是怎么了，她看上去很慌张，似乎有什么东西追命似的。当他们走到山脚下，正是夕阳西下的时刻，小川加紧脚步，希望天黑之前走到村子里。玛丽塔却停住了，她让他休息一下，等天黑以后再进村子。

　　小川想不通，"为什么不是趁着天亮路好走呢？"

　　"不能让人看见我！"玛丽塔紧张得浑身发抖。

　　小川把水杯递给她，那是他出来时带上的热水，"我们这是去哪里？"

　　"搬到另外一个家！"玛丽塔凄然一笑，小川也不便再问。

　　等到太阳落山，天色黑暗下来，看不清人影的时候，玛丽塔才和小川走进村子。

她对此地熟悉，敲开村子最边上一座院门。一个穿白大褂的老头来开门，小川一眼就认出来，"老医生！"

老医生和他一样惊讶，"你们——怎么下山了？"他一把抓住小川，"是不是哪里不舒服了？"

"不是的，老医生。"玛丽塔说着挤进来，小川尾随进入。老医生关门的时候，还左右看了看，一副很警惕的样子。

小川有些不解，难道老医生和玛丽塔之间有什么秘密的事情？

玛丽塔一进院子就对老医生说了小霾弄坏山林的事情。

小川看见老医生皱着眉头，"它怎么突然——？"

玛丽塔看了小川一眼，"它最近很敏感，很可能是看见一个陌生面孔，受惊了！"

小川想起来，他追赶小霾的时候，它确实像一匹受惊的野马，难道是因为自己？

"哦！"老医生似乎明白了，长长叹了一口气，走到桌子前面坐下拍了拍一摞文件，"本来就要完成了，真舍不得你们走。"

小川在一边看着，完全听不明白老医生说什么，那些纸张跟他们走有什么关系呢？

"离家出走的少女又要亡命天涯了，"老医生叹了口气，打开抽屉翻找出一串钥匙，"这个房子可以住，只是有点远。"老医生把钥匙放在玛丽塔手里，然后交代那个房子的事宜。

　　小川在旁边等着，有些无聊，就四处打量老医生的房间，发现远处靠墙有个衣柜，一个男孩正站在柜门处盯着他。

　　小川停下张望，这大概是老医生的孙子吧？他想，长得好丑啊！骨瘦如柴，小小年纪就佝偻着身子，凸出的骨骼让那深陷的眼睛显得很惊恐，乍一看像活骷髅。那奇怪的头发浅紫色中又隐隐发灰，还稀疏得像个秃子。

　　这孩子也许是个病人！

　　小川尴尬地笑了一下，男孩也是如此。

　　"我们搬家，"小川不好意思地解释，"路过这里。"

　　"哦，我知道，那就坐着歇一会儿吧！"老医生插言。

　　老医生正给玛丽塔交代去房子的路线，大概没有看见小川和他孙子说话。

　　小川指了指外面，对男孩说："我们马上就离开！"

　　他朝外面走去，不放心地回头看了一眼，发现男孩也回头看他。干吗学我呢，这个男孩不正常吗？小川想。

　　"不要总是对着镜子玩了，小川。"玛丽塔说，他们需要马上离开。

　　"镜子？"小川十分惊讶。

　　"对呀，你没有见过镜子吗？"玛丽塔用奇怪的眼光打量小川。

　　那个男孩是镜子吗？"他不是老医生的孙子吗？"小川不相信地问。

老医生和玛丽塔对视了一下。

小川完全没有看见他们意味深长的目光，他盯着镜子，慢慢地摸了过去，触碰到镜子的边缘。小川整个人石化了，他真的摸到了镜子。这就意味着，屋里没有别的男孩，那个是他自己？

那个丑陋又恐怖的男孩是他自己？太陌生了！小川一时间无法接受，他疯狂地大叫起来，"不，这不是我，不是我！"他不死心地晃动着镜子，"你出来！出来！"

突然，哗啦一声，镜子被拉掉在地上碎了。

小川看清了现实——镜子碎了，那个男孩没有了，站着的就是他自己——骨瘦如柴，紫不紫灰不灰的稀疏头发，佝偻着身子，凸出的骨骼让深陷的眼睛看起来像骷髅鬼，这个好丑的男孩就是他自己啊！

"啊啊啊！"小川接受不了，他狂叫着。

"小川，没事，没事，你会好起来的。"玛丽塔慌忙哄劝，"你看，皮肤不是已经好了吗？以后，头发也会长出来，脸也不再像骷髅了。"

玛丽塔提心吊胆，小川仍在没有理智地狂叫。她快要崩溃了，担心有人发现她逃跑。

突然，院门咣当响了一声，老医生和玛丽塔顿时慌了神。老医生一边打着手势，让小川和玛丽塔躲进屋里，一边跑去顶着院门。

老医生还没有走到门口，院门砰的一声就被踢开了，小川和玛丽塔还未躲进屋子。一个人影闯入院子里。

玛丽塔紧紧地抓着小川的胳膊，浑身发抖。

"怎么回事？"一个粗重又凶狠的声音质问。

老医生听到这声音，松了一口气，"不怕，这是我邻居！"

小川转身看到一个肥胖的女人冲过来，她长着又白又胖的大脸，腰上的肥肉像游泳圈一样，说话大嗓门像吵架，"啊，怎么回事？我还以为你摔倒了呢。没事就好，你年纪这么大了没人守在身边。嗯，这两个是谁呀？"

玛丽塔低下头，拉着小川就走，胖女人好奇地盯着小川。老医生把钥匙递给了玛丽塔，然后关上了院门。

小川和玛丽塔走到院外，还能听见胖女人的大嗓门。

"他们是谁呀，老医生？"胖女人的声音。

"来看病的孩子！"老医生解释。

胖女人怀疑的声音，"那个男孩好吓人，但我怎么看着那个女孩面熟啊。"

"哈，小女孩嘛，长相都差不多。"老医生打着哈哈掩饰道。

"嗯？你这镜子怎么碎了？"胖女人又质问。

他们走了半里路，那个胖女人的大嗓门似乎还能听见。不过，小川可没有心情理会那个胖女人的质疑。他简直快要疯了，不停地喃喃自语："那不是我！那不是我！"

他想起自己的模样就好像看见了鬼——暴突的眼珠，稀疏的紫灰头发，像骨头架子般的身材，佝偻着背，浑身的皮肤残留着草药留下的斑斑点点。

小川无法接受自己那一副骷髅鬼的样子，他觉得那个丑陋的人不是自己，却又想不起来自己到底长什么样子。

你知道不认识自己是什么感觉吗？就像看一个完全不认识的陌生人，"那个不是我，我不可能长成那样的，不是我。"一路上，小川就这样喃喃自语。

玛丽塔实在忍受不了，快要崩溃的不止小川一个。她也很难过，她必须让小川停下来，再这样下去，非引起注意不可。

"小川！"玛丽塔突然跟他说话，"那个就是你！"

"不是我，不是我！"小川号叫着，他脑子出了问题，总看到可怕的东西。

"是你，"玛丽塔坚定道，"你比以前好看很多了。"

好看多了？呵！

"我刚刚发现你的时候，以为是个骷髅，"玛丽塔沉重道，"看上去极其恐怖。"

小川非常震惊，他想象不出自己，"还能比这个样子更难看？"

"是的，比现在难看多了！"玛丽塔给他讲起来。

原来，玛丽塔发现小川的时候，以为是个骷髅，他皮包骨头，浑身僵硬。玛丽塔把他打捞上来，发现不是死人，就叫来了老医生。老医生也不相信那会是个活人。他抢救一番，就把小川送到了大医院。医生确定遭遇了严重核辐射，再加上不明药物中毒太深，神经系统都出了问题，根本没有救治的必要了。老医生没有放弃，倾尽毕生经验，把小川救活了。

"我到底遭遇了什么?"小川问。

玛丽塔看了小川一眼，"如果连你自己都不知道，谁还能知道你的经历呢?"前面说知道，只是为了哄着他吃饭尽快康复。可小川总想从别人口中得知自己经历过什么。

小川如果真是个智障，需要人照顾，玛丽塔也不能永远照顾他——因为现在，她自身难保。

两人沉默了一阵! 小川首先低声道歉:"对不起，玛丽塔!"他看出玛丽塔心情不佳，她一直在担心害怕。而小川只顾着为自己的长相痛苦，忽略了玛丽塔。

看到小川诚心诚意地道歉，玛丽塔也坦白了，"小川，我现在真的不能照顾你了，"她紧张道，"我，我很害怕，有人在抓我!"

第十章

我的朋友是逃犯

白杨树叶在夜风中轻轻摇摆，发出响亮的沙沙声。山村小路上渺无人迹，只有他们急促的脚步声。小川和玛丽塔两人赶夜路走出老医生所在的偏远小山村，来到一个镇子上。

这个镇子比小山村好多了，还有路灯。远远望去，路灯发出昏黄的光，在夜色中显得特别迷茫。

终于走到有人的地方了，小川放松下来，却发现玛丽塔比在黑暗夜路上紧张多了，越靠近镇子，她就越焦虑不安。小川走在她身边能感觉出她在发抖，小川拉起玛丽塔的手，紧紧握着给她鼓励。

此刻，已是深夜，人们已经就寝，小镇大街上根本没有行人。路灯照着他们两个的身影，忽长忽短，忽明忽暗。他们默不作声地走着，街道两旁是高矮不齐的楼房。每一个十字路口，电线杆上都贴着悬赏通告。

小川路过扫了几眼，通告是提醒森林王国的民众，协助捉拿逃犯。上面写着：请广大群众及时提供线索，对提供重大线索协助青苔皇宫抓获犯人的，森林王国奖励五百万元。对包庇、协助犯人逃脱，隐瞒不报的，将依法追究刑事责任。上面还有逃犯的照片，那一双像受惊小鹿般的大眼睛——正是玛丽塔。

小川心跳加速，他怀疑看错了。走到下一个十字路口，他仔细看了悬赏通告，没错，就是玛丽塔无疑。

小川看了一眼身边的女孩，她像受到惊吓的小动物一样瑟瑟发抖，紧贴在自己身边，低着头只顾走路。她看起来如此胆小软弱，能做出什么样的事情，让森林王国出这么高的赏金捉拿她？

玛丽塔没有说，小川也没有问。他们沉默地走着，一路上都没有说话。他们就那样默不作声沿着大马路走了整整一夜。

黎明前，他们来到一片丛林里。那片丛林极其偏僻，他们离开大马路，走了两三公里才到。

丛林沐浴在晨雾中，有阳光照射进来，狭窄的土路上长满了青草，带着露水，打湿了小川的鞋子。此地，人迹罕至，只有清晨的鸟儿在唱歌。

小川和玛丽塔走进丛林。最后，他们停在一座小木屋前面，这应该是猎人的小木屋，高高地建在大树上。有环绕着树干盘旋而上的木质楼梯，小川看到旁边还垂挂下来一条绳索梯子。玛丽塔拿出钥匙，打开旁边一个四四方方的水泥小屋，这是厨房，里面干柴、地锅、碗甚至调料都有。只是蜘蛛已经在灶台角落结了一个大大的网。玛丽塔说，以前，老医生来采药的时候居住过。

他们又去树上木屋内查看了一番，居然是两居室，墙壁上还挂着一幅丛林仙子的画像，小川看了看，画像的右下角还写着：水冷玥。

木屋里生活用品很齐全，都用塑料布盖着。他们两个解开塑料布，拿到外面抖掉灰尘。盖着的地方很干净，真不愧是医生居住的地方。

他们两个打扫了厨房，生火做饭，正式在这里居住下来了。

又是赶路，又是收拾房子，小川真累，一觉睡到天亮。他起床的时候，发现玛丽塔已经在大树下面的小厨房做饭了。

小川从绳子上溜下来，走到房子后面的小溪边。丛林空气清新，小溪被笼罩在薄薄的晨雾中，周围飘着清新的花香。

啊！还是无人的山林里空气最好了。小川在溪流中洗脸，顿时觉得清醒了。他看到有许多草鱼和麻虾在清澈见底的溪流中自在地游来游去，还有一群野鸭在上游的溪流中捉鱼。

小川还在溪边捡了三个野鸭蛋，拿回去给了玛丽塔。

玛丽塔给他做了蒸青苔蛋，是以小川捡来的鸭蛋为主要原料加上青苔烹制而成。玛丽塔说是老医生教给她的。

老医生年轻的时候，曾经去勐巴拉热带雨林采药，遇到一位冷玥姑娘，那姑娘教他蒸青苔蛋，老医生特别喜欢吃。玛丽塔就跟他学会了。

青苔，就是长在丛林溪流中卵石上的绿色藻类植物。玛丽塔到溪流中采集，剔去杂质，淘洗干净。

蒸青苔蛋时，用青苔干片在炭火上翻烘至脆时，揉成碎末装入碗内，再将鸭蛋打入碗内，与青苔末调匀，加入适量猪油、食盐、味精、葱花和一个香茅草结成的疙瘩，置木甑内蒸熟即可食用。

这蒸青苔蛋，色泽黄中夹翠，泡松细腻，水鲜气味较浓，清香爽口。小川特别喜欢吃。

玛丽塔说，青苔长于溪流卵石上，经流水自然冲洗，属天然绿色食品，营养价值较高。小川吃了就会更快康复，她希望小川长肉，长胖点就不会这么瘦骨嶙峋了。

小川直起腰，"我会长肉的！"

"对了，这样直起腰身，就不像病人了。"玛丽塔建议。

小川想起镜子里自己弓腰驼背，一副病恹恹的样子，太难看了。这可能是习惯的问题，他可以改变的，想到这里他就挺直身子，"我肯定，我以前长得不像骷髅。"

"你以前什么样子，想起来了吗？"玛丽塔问。

小川摇摇头，虽然没有想起，但他肯定不是这个样子。玛丽塔又给他添饭，让他多吃点。

玛丽塔真的很善良，很关心他，小川眼睛一热，眼泪差点儿流出来，他慌忙低头吃饭。

下午，小川还在溪流里美美地洗了一个澡，又抓住两条鱼。

他们架起树枝，做了烤鱼。

安居之后，玛丽塔在家的时间越来越少，她经常一个人出去，小川感觉她似乎还在照顾着另外一个人。

玛丽塔出去之后，小川就在丛林溪流中抓鱼，去捡野鸭蛋，还整理之前废弃的菜园。他想要种花，想要屋子前后都是花的海洋。玛丽塔却种上了蔬菜，因为老医生房子里只有蔬菜的种子。

就这样过了一个多月，老医生来看他们，带来许多好吃的。老医生夸奖小川恢复得很快，头发浓密多了，胳膊上也有肉了，身体基本没有问题，可以照顾自己了。

"只是——"老医生按着小川的脑袋，认真地看，"可能是缺乏某种黑色素，新长出的头发紫中带银灰。"

老医生断定那紫色是某一种毒素残留，长出了不正常的头发，说不上来是什么颜色。

玛丽塔说有些像薄藤色，小川搞不清什么颜色才是薄藤色，但他对自己的头发还算满意，总比秃头好看多了。

老医生宣布他可以照顾自己的时候，他们就开始商量小川的去留问题。老医生首先声明，他无法照顾小川，因为他年纪大了，还经常需要亲友邻里的照顾呢。

而玛丽塔也无法照顾小川，她被悬赏缉拿，正自顾不暇，而且还要照顾另外一个朋友。他们商量着要不要把小川送到孤儿院。

孤儿院？小川听了非常生气，他不是小孩子了，"我能照顾自己，不用你们操心！"他生气道。他们把他当成了需要照顾的病人，他不会永远是病人，他会好的。

玛丽塔和老医生对视了一眼，没有再作声。他们默默地走了出去。玛丽塔想要老医生带走小川，她不是不想他留下来，她只是有点害怕，"一个脑子有问题的人，要是发起疯来，我害怕控制不住。"玛丽塔对老医生说。

"他看起来只是脑子少根筋，有时候转不过来。"老医生分析，"应该不会像精神失常的病人那样发疯，让他和你一起吧，有个同伴总好些。"

玛丽塔叹了口气，看来她并不觉得好。

小川在后面听见了他们的谈话，明白过来了。他们不是嫌照顾他麻烦，而是觉得他脑子有问题。

他终于明白，玛丽塔看着他为何总是胆怯的目光，她担心他像个神经病一样发疯。小川难过极了，可仔细想想，他最近的所作所为确实容易让人误解：他看见自己胳膊的样子，看见自己长相的反应，而且他还总是问别人自己叫什么名字，经历过什么。

这些行为在外人看来，确实不正常啊。小川决定，以后要表现正常点，让玛丽塔放心。

玛丽塔送走了老医生，就返回楼上，告诉小川她要出去。

这些天，她经常独自出去，不知道干什么去了。

"我能和你一起去吗？"小川商量道。

玛丽塔摇摇头，小川想起自己弄破镜子的事情，"玛丽塔，我会小心的，保证不再惹麻烦。"

"不是你的原因，"玛丽塔解释，"而是那个朋友，不能让人知道。"

小川果然没有猜错，她真有一个朋友，还不能让他知道。小川心里很不是滋味，就忍不住问道："你还有朋友？"话一出口，又觉得这样说不妥当，玛丽塔肯定不止他一个朋友啊。

提到那个朋友，玛丽塔严肃起来，"小川，我的朋友最近有些麻烦，我可能不回来了。"

小川一听慌了，玛丽塔是不是要把他丢在这里？他一把抓住玛丽塔的手，"你一定要回来。"

玛丽塔苦笑了一下，"如果——假如、万一我没有回来，你就去找老医生。"

"不，我等你回来！"小川固执道，他一踏上森林王国，就和玛丽塔生活在一起，没有玛丽塔他不知道怎么过。

"我尽量回来。"玛丽塔有些无奈，她下了小木屋，又回头交代，"还有，你不要跟别人说，和我在一起，知道吗？"

玛丽塔离开了，她走得看不见了，小川才回过头来，突然觉得空荡荡的，不知道该做什么好，他只得去溪边抓鱼。

大概心情不好，那些鱼儿都跑了，他抓了半天，一条也没有抓住。就在他顺着溪流追赶鱼儿的时候，突然闻到了一股臭味，他抬头看见原本清澈碧绿的小溪变成了黑水流淌过来。

一愣神的工夫，黑水就冲到他的脚下，他感到皮肤刺痛，马上跳出溪流。刚刚治疗好的皮肤，又刺痛起来。小川仔细看那些水，好像是污染工厂排放出的废水，散发着刺鼻的臭味。

黑水过后，草鱼和麻虾都看不见了。溪流顿时失去了它的魅力，看起来像乱石堆中流淌着令人恶心的污水，一点儿也不好玩了。小川只能离开，却看见几个人从溪流另外一边走了过来。

一个渔夫指着溪流，大声嚷嚷："山那边的溪流污染了，我只能来这里捉鱼，可这里也变黑了，你看，毕莫大人，你看啊！"

那渔夫背着鱼篓指着溪流，让一位拿着权杖的瘦高老头看。拿着权杖的老头一言不发，皱眉看着黑色溪水。

"这可能早就污染了，毕莫大人！"背着鱼篓的渔夫说。

"早上还很清澈呢！"小川插了一句。

那位拿着权杖的毕莫大人转过身来，他有一双像老鹰般的眼睛，似乎能看透人心，单薄的嘴唇紧紧地抿着。冷黑色的头发，再加上身上墨绿色的长袍，让小川想起月夜下墨绿的森林，有一种威慑人心的冷峻气质。

"早上，多早？"那锐利的鹰眼看着小川，在打量他的头发。

"刚刚！"小川告诉他，"污染刚刚过来。"

毕莫大人鹰眼中闪过一丝兴奋的光芒，似乎发现了宝藏一般。他向小川道谢，然后带着那渔夫走向污染过来的方向。

"我不喜欢天翻地覆的生活，"他说，"走吧，赶快捉住那坏蛋！"他们走了，小川也回家去了。

他煮好饭等着玛丽塔。可是很晚了，玛丽塔没有回来。

第二天，他一大早起床，就去路口看，没有玛丽塔的影子。他返回小溪边，还是一片墨黑。这条小溪算是废掉了，水一污染，周围的风景好像失去了灵动，漂亮的鹅卵石也成了绊脚石，没有了小鱼小虾，这里变得很无聊。

小川转了一圈，就去树林里采了一些蘑菇回家做饭。一个小时之后，他把饭菜端在桌子上，他又望向路口，盼着玛丽塔回来。

还是没有，他失望地返回木屋，忽然发现玛丽塔就在身后。

玛丽塔要小川马上离开，因为他们来了。小川刚转身，就看到丛林中有好几个人影。

玛丽塔吓得浑身发抖，小川意识到这是捉拿玛丽塔的人，他反应迅速，拉着玛丽塔跳往木屋后面，钻进了丛林深处。

溪流边上遇见的那位毕莫大人，带领十二个黑衣人，已经上了小木屋正在搜寻。毕莫大人拿起筷子，尝了一口炒青菜，又苦又涩，但菜还是热的，"他们没有跑远，快追！"

小川听见毕莫大人的声音。他带着玛丽塔连滚带爬地跑。玛丽塔害怕得浑身发抖，没有跑多久，她就气喘吁吁跑不动了。

黑衣人追赶的脚步声越来越近。

第十一章
萌宠小霾

两座山之间，长着高矮不一的树木，山谷入口处杂草丛生。玛丽塔发现了一个小山洞，由杂草和绿树掩映着。如果不细心，确实发现不了，是个躲避的好地方。玛丽塔就往里面躲藏，她实在跑不动了，黑衣人紧追不舍，他们从丛林跑进山里，也没能甩掉。

玛丽塔想要躲进去休息一会儿，她又怕又累，实在跑不动了。小川一把拽住她，"不能去！"

"我跑不动了！"玛丽塔一副听天由命的样子。

小川扫视周围，他麻利地脱下一只鞋子，扔在山洞入口，然后带着玛丽塔继续逃跑。

果然，玛丽塔听见那些黑衣人兴奋地叫喊着，包围了山洞，进去搜索，再也没有继续追赶他们。

小川不是智障吗？怎么会想出这个办法——用鞋子来迷惑追踪者？玛丽塔看了小川一眼，他正带着她紧张地跑。追赶者的脚步声消失了，很明显，黑衣人在忙着搜寻山洞。

两人跌跌撞撞又跑了一段路程，彻底甩开了黑衣人。他们累得瘫坐在地上。"你还好吧？"玛丽塔上气不接下气地问。

"我没事，你呢？"小川担心地看着玛丽塔。

"又不能住了！"玛丽塔难过道。

"再去另外一个家？"小川建议。

"没有家了，"玛丽塔沮丧，"毕莫大人在森林王国一手遮天，他要抓我，所有人都会来抓我。"

"他为什么抓你呢？"小川忍不住问。他想知道，出了什么事情，森林王国出那么高的赏金来缉拿玛丽塔。

"我放了他们的祭品！"玛丽塔低下头承认道。

"放了祭品？"小川不明白，"难道祭品是活的吗？"他印象中的祭品都是食物，要不就是宰杀的猪。

玛丽塔给他讲了事情的经过。原来，祭品就是森林王国关押了九十九年的囚犯。

毕莫大人把囚犯推上了祭坛，准备杀死他祭祀水神。玛丽塔就趁着人不注意，放跑了囚犯。

小川不明白，这个年代，怎么还会使用囚犯祭祀，即便一个人做了坏事，也不能拿他当祭祀品啊！

"那个囚犯怎么样，他逃走了吗？"小川关心地问。

"他，他不想逃走！"玛丽塔郁闷道。

这让小川更惊讶了，自由了还不远走高飞？"他留恋什么？"

"他舍不得我!"玛丽塔声音低沉道。

什么?囚犯舍不得离开玛丽塔,小川怀疑听错了。但他看见了玛丽塔难过的样子,"他想跟着我,他想和我在一起。"玛丽塔说,丝毫没有一点脸红的样子。

小川震惊了,脑海里跳出"早恋"两个字。玛丽塔才十七八岁的样子,你看她说起囚犯,那么难过,完全就是为情所困的样子。不是早恋是什么?

小川不说话了,心情难过地猜想着胡子拉碴的囚犯怎么会和玛丽塔产生了感情。那肯定是个臭烘烘、不修边幅的中年男人,玛丽塔怎么会鬼迷心窍爱上囚犯?

"我也想和他在一起呀!"玛丽塔幸福的样子。

小川皱眉看着她。

玛丽塔叹了一口气,又难过起来,"毕莫大人布下了天罗地网追捕我,是没有办法在一起了,我想劝他回家。"

"对,让他回家!"小川坚定道,"出狱了赶紧回家去。"

"是啊,今天一定让他离开,"玛丽塔下定决心似的,"我现在就去。"她说走就走,这次她让小川一起去,"我想你会喜欢他的。"

小川根本不想去,但他又想看看这是个什么样的囚犯,用了什么招数让玛丽塔如此不理智。他闷闷不乐地跟在后面,心里肯定他不会喜欢的,无论那男人长得多帅气,他都能确定自己不会喜欢一个囚犯的。

　　他跟着玛丽塔爬过一段陡峭的山间小路，蹚过两条小河，前方出现一个郁郁葱葱的山洼。这山洼中央有一大片枯萎地带，十分明显。枯萎地带中，有个小山洞。

　　"他就住在洞里。"玛丽塔指给小川看。

　　这是一个多么爱张扬的囚犯啊！他不知道自己被毕莫大人追捕吗？为什么不藏在绿树中，偏偏选择枯萎地带的山洞，这么明显的地方，他不怕被抓到吗？

　　"小霾！"玛丽塔手做喇叭状开始喊。山洞里应声露出一个黑色小脑袋。

　　哦，囚犯还养了一个小宠物？小川想。

　　山洞里钻出来一只像狸猫的小动物，欢快地朝着玛丽塔跑过来。小川看清楚了，它就是上次逃跑的那只奇怪小动物。它非常开心地朝着玛丽塔扑过来，张开双臂要玛丽塔抱抱。玛丽塔做出一个停止的姿势，小动物嘴巴撇下来，一副不高兴的样子，蹲坐在玛丽塔面前。

　　"虽然不能抱抱，但是，你可以跟我一起玩呀！"玛丽塔哄劝它。

　　小动物开心起来。小川发现它居然会笑，眼睛变成了弯弯的月牙形状，开心地围着玛丽塔像小羊儿撒欢一样蹦蹦跳跳。玛丽塔蹲下来，和它面对面。

　　"过来，小霾。"玛丽塔命令它。

　　小动物听话地走近两步。

"这是小川，我在海边捡回来的朋友，你知道啦。"玛丽塔指着站在远处的小川对它说，"要相信他哦。"

小动物胆怯地看向小川，摇摇头后退。

"小川只是头脑有点问题，"玛丽塔压低声音对小动物说，"他很善良的，你不要害怕。"

小动物像个懵懂的幼童盯着玛丽塔。

"真的，我保证，他不会伤害你。"玛丽塔说。

小动物点点头，相信了玛丽塔，它开心地跑到远处，带回来一片绿树叶，放在小川脚上，喵了一声，很害羞地跑开了。然后躲在一块大石头后面，偷偷探出头来看。

"它用树叶表达心情，"玛丽塔解释，"如果树叶是枯萎的，表示他不喜欢你；如果树叶是绿色的，表明它把你当成了朋友。"

小川捡起绿树叶，不再理会那个小动物。他看向洞口，等待着囚犯出来。可是洞口没有一点儿动静。小川很纳闷，囚犯怎么还不出来呢？玛丽塔和小动物玩得很开心，笑得很大声，他听不见吗？

"你说它可爱吗？"玛丽塔问小川。

小川又看了一眼小动物，它是狸猫小狗小松鼠的结合体，看起来确实很萌。"可爱！"小川应付着，两眼盯着洞口。

"你喜欢它吗？"玛丽塔又问。

"喜欢！"小川心不在焉，想着囚犯如果还不出来，他要不要进去看看。

玛丽塔开心起来，她知道小川也会喜欢它的，"我当初看到第一眼就喜欢上它了。"

小川一直盯着山洞，现在他转过头来，用很奇怪的表情看着玛丽塔，"喜欢这个宠物，因此你爱屋及乌连它的主人也喜欢了？"小川口气微酸。

"主人？"玛丽塔一脸迷惑，"小霾又不是宠物，它没有主人。"

小川不明白了，"不是宠物，那它是什么呢？"

"小霾是？"玛丽塔犹豫了一会儿，还是决定如实相告，"小霾就是囚犯！"

小川惊讶地跌坐在一块石头上——这不是开玩笑吧？黑衣人兴师动众地抓捕玛丽塔，就是因为她放走了这个小宠物？森林王国那位严肃的毕莫大人会把这个小宠物关押九十九年？

小川根本就不相信，"悬赏五百万元，就是因为你把这个小宠物放跑了？"

"是啊！"玛丽塔生气地纠正，"再说一次，小霾不是宠物。"

小霾正围着玛丽塔蹦来蹦去，突然看见玛丽塔生气，它马上停住，表情惊讶地看着，像个懵懂无知的幼童，一双无辜的大眼睛看着玛丽塔。

小川突然理解了玛丽塔为什么偷偷放了它。如果小霾真是囚犯，自己也会这么做的，小川想。利刀杀向这样一个懵懂无知的小动物，任谁都不会无动于衷袖手旁观的，他肯定也会把这个小可爱放走的。

"你是对的，玛丽塔，"小川说，"它不应该被推上祭坛活活宰杀。"

玛丽塔感动了，眼泪流了出来，"放了小霾，我没有做错，对不对？"

"你没有错！"

玛丽塔突然就哭了起来，她哭诉自从放走小霾之后，一向疼爱她的爸爸变了，和坏蛋巫师毕莫站在一边，指责她任性无知，不顾别人。

小川看到玛丽塔哭泣，想要找纸巾给她擦眼泪，可是没有，就抬起袖子准备给她擦眼泪，却发现自己的袖子很脏，于是尴尬道："不要哭了，玛丽塔，我和你一起保护好小霾。"

"你真的肯保护小霾？"玛丽塔停止了哭泣，抬起泪眼满怀希望地问。

小川点点头，玛丽塔想做的事情，他会帮助她完成的。他愿意和玛丽塔一起保护小霾，不让任何人伤害它。

小霾看到玛丽塔哭泣，直立起来，两个手指绞在一起，忐忑不安地看着。

"毕莫大人抓它？"小川问，"是因为弄坏了山林吗？"

玛丽塔摇摇头，"不是山林，小霾弄脏了他们的水！"

一只小动物弄脏了水，森林王国就兴师动众抓捕它关进监狱？这是闹着玩的吧？小川想起那些紧追不舍的黑衣人，他们很认真，不像是闹着玩。

　　这个可爱的小动物仅仅是污染了水，毕莫大人就要大动干戈。真是很奇怪的人呢！

　　另一边，玛丽塔抹掉眼泪，她下定决心把小霾赶走。

　　她蹲下来，小霾的大眼睛变成笑眯眯的弯月状，萌化人心。玛丽塔又心软了，准备命令的口气变回了商量，"小霾，你回去吧，我们把你送回家？"

　　小霾睁着无辜的大眼睛仰头看着她。

　　"这里不能住了，毕莫来抓你。"玛丽塔告诉它。

　　小霾直立起身子，蹲坐在地面上，听玛丽塔讲话，它抬起爪子抓了抓耳朵，又看着玛丽塔。小川怀疑它根本听不懂，对小霾说话，估计跟一只小狗说话差不多，都是鸡同鸭讲。

　　"不能跟着我，你必须离开，明白吗？"玛丽塔耐心道，"回家去！"

　　小霾点点头。

　　它居然听懂了，小川感到不可思议。

第十二章

垃圾山大追捕

小川不知道世界上还有这样的地方：一千公顷的土地上，没有青草、没有绿树，只有连绵不绝的巨大垃圾山。远处有铲车推动填平，附近有来来回回的运输车，倾倒废物给垃圾山添砖加瓦继续扩大它的规模。整个垃圾填埋场臭味扑鼻，上空弥漫着尘埃，散发出一种默然压抑的气氛。

他们经过一个星期的徒步跋涉，送小霾回家，就来到这里。玛丽塔说，这里就是小霾的家乡。

谁能想到，如此懵懂可爱，如此干净纯洁的小霾，会住在乌烟瘴气，臭水横流的垃圾填埋场？它看上去如此弱小，生活在这个地方，不会生病吗？

这里连根草毛都没有，看起来不适合任何动物生存。但是，玛丽塔却指着垃圾山，命令小霾回家。

小霾正蹲在垃圾堆上，左瞅瞅，右看看，从脚下捡起一个踩扁的可乐罐子，拿在手里，像吃饼干那样咔嚓咬了一口，边嚼边笑眯眯地看着玛丽塔。

小川眼珠子都快要瞪掉了，"它吃金属的东西？"

"它什么都能吃！"玛丽塔习以为常的样子，在垃圾堆里翻捡出一根铁棍子，猛地敲了一下地面，吓唬道，"你走不走？雾小霾？"

小霾把最后一点盒子塞进嘴里，咯吱咯吱嚼碎咽下去，伸出粉红的小舌头舔了舔嘴巴，依然微笑地看着玛丽塔，又像小猫那样喵了一声，做可爱状，磨磨蹭蹭就是不走。

玛丽塔更生气了，"不准学猫叫，你又不是猫。"

小川在一边看着忍不住笑了，这个小家伙萌萌的样子超级可爱，"哈哈，它不是像老鼠一样吱吱叫吗？怎么又像猫叫？"

"它学的，"玛丽塔生气道，"它聪明得很！"

学老鼠叫，还会学猫叫，又能吃下金属制的可乐罐子，这是什么样的动物啊？小川突然对雾小霾产生了浓厚兴趣，"它还有什么我不知道的本领？"

"一路上不都告诉你了吗？"玛丽塔现在没有耐心。

路途上，玛丽塔教给小川如何召唤霾——只能用一种奇特的口哨呼唤它，否则任你喊破喉咙它也不听。那口哨还要吹出转折音，听起来就像黄鹂鸟在叫雾小霾。

不是谁召唤它都出来的，玛丽塔告诉他，小霾会听口音。每个人的说话声音都不一样，不熟悉的声音，怎么召唤它也不会出来。就是叫它出来，它也不听你的话。

为了让小霾服从自己的召唤，小川一路上都在练习那种口哨，嘴巴都酸了。

他吹出口哨，叫小霾过来，它真的欢快地跑了过来。

"小霾，你会学老鼠叫?"小川问。

小霾嘴巴里发出老鼠的吱吱声，眼睛还像老鼠那样骨碌碌转动。

"哈哈，你会学猫叫吗?"小川感觉好玩极了。

小霾就抬起两只爪子，放在嘴巴两边，做可爱状，发出喵喵的叫声，真像一只小猫。

小川继续逗它，"那你真正的叫声呢?"

"不要叫!"玛丽塔气愤地过来阻拦，"我不想听到它真正的声音。"

玛丽塔突然发脾气，挥舞着棍子，驱赶小霾。

小霾的笑脸不见了，变成了不高兴的撇嘴表情，委委屈屈磨磨蹭蹭地走向了垃圾山。

小川有些担心，玛丽塔这么凶狠地对待一个懵懂无知的小可爱，是不是太过分了。小霾停下来露出了笑脸，哧溜一下就回到玛丽塔脚边，咔嚓一口咬断那根铁棍，拿起来，就像巧克力棒一样，一口一口咬着吃。

玛丽塔看着手里剩下的半根棍子，真是又生气又好笑，但她知道，此刻不能有笑脸，于是愤怒地吼道："回去，滚回去，马上!"

小霾愣住了！玛丽塔气愤地拿着棍子打过来。小霾慌忙一个筋斗倒立起来，大尾巴朝上，头轻轻地一钻，好像地下就有空洞似的，直接钻进去，尾巴消失了。

玛丽塔松了一口气，小川看出她刚才完全是努力装出一副凶狠的样子。玛丽塔招呼小川离开，并且不要他回头看。他们走出五十米，在转弯的时候，小川偷偷扭头看了一眼，小霾从洞里露出头来。它准确地捕捉到小川的目光，对着他笑，马上又要跟回来。

玛丽塔看它跟回来，就威胁道："不准出来，你要是再出来，我就不跟你玩了！"

小霾委屈地撇着嘴巴退了回去，蹲在洞口，对他们依依不舍的样子。

玛丽塔跑回去，小霾赶紧钻回洞里，玛丽塔把垃圾拨下来一堆，盖住那个洞口。小川认为那是徒劳的，能吃下铁棍的怪物，那点垃圾能挡住它吗？

不管怎么样，他们离开的时候，小霾没有追赶过来，小川现在居然有些舍不得它了。他们默默地往回走。

突然他看见垃圾山旁边闪过几个黑衣人，刚刚放松的心情又紧张起来。小川嘘了一声，把玛丽塔拽到垃圾山后面躲藏起来。

几个黑衣人跑过来。是毕莫大人的手下。估计他们搜索了山洞，一无所获，又追赶过来。小川没有想到这些人如此有韧性，一路紧追不舍跟到了垃圾山。

玛丽塔的手又开始发抖。小川拉着她的手，准备绕过去逃跑。他们刚刚抬脚，可是，脚下的土地在动，小霾从土里拱出头来，脑袋上顶着一块泥巴，朝着他们调皮地伸舌头做鬼脸。玛丽塔这次真的生气了，压低声音喝道："抓你的人来了，快躲起来。"

小霾不听，它故意把身子摇晃起来，像被风吹的墙头草般晃来晃去。

玛丽塔气极了，一脚踩下去。小霾嗖一下缩回洞中。这个时候，正好有两个黑衣人转过来，小川慌忙用脚踢了一团废物盖住洞口，拉着玛丽塔躲到了一边。

另外一边，也有黑衣人，他们没有地方躲避了，正不知如何是好，"喵！"一声响亮的猫叫，小霾正站在搜寻人员的身后。搜寻人员一看，就折身回去，追赶小霾。小川和玛丽塔得到了机会，再次甩掉黑衣人，绕过垃圾山逃到了大路上。小川松了口气，他们可以安全离开了。

"玛丽塔，黑衣人会不会抓住小霾？"小川有些担心。

"还是先操心你们自己吧！"一个声音说。

路中央站着毕莫大人，他摆摆手，路旁的树丛中，钻出许多黑衣人，将他们包围。小川一把拉起玛丽塔，准备往后跑。可是，后面也有黑衣人挡住了去路。

毕莫大人看了小川一眼，这个杂毛男孩，他们在溪流旁见过。不过，他对这个男孩没有兴趣，他要抓的是玛丽塔。

"离家出走的少女，该回家了！"毕莫大人冰冷道。

第十三章

关塔纳魔湾监狱

毕莫巫师使用活物祭祀，他们不应该是落后愚昧的吗？

小川想象中，毕莫大人生活的地方，应该到处都是草屋泥土房，人们衣不蔽体，愚昧无知。可是眼前的景象恰恰相反，这里干净整洁，还把树篱修剪成各种漂亮的形状，非常美观。人们居住的房子是别墅，家家都有漂亮的草坪和花园。

小川坐在囚车中，观看外面的景色，不敢相信那个冰冷的巫师毕莫会生活在这样环境优美的国度。这里不愧叫作森林王国，到处都是上百年的参天大树，郁郁葱葱，街上随处可见许多鸟儿散步，房前可见孔雀展翅，屋后有小鹿在吃草。

他们的囚车驶过，惊飞一群喜鹊，人们围拢过来，奔走相告，"逃犯抓住了，逃犯抓住了！"

一位老奶奶高兴得直抹眼泪，"终于抓到了呀！苍天有眼啊！"

看起来真是大快人心啊！潜逃在外的大坏蛋终于抓住了，人们可以安心生活了。小川看着外面的人们激动万分，也跟着开心。可是仔细一想，囚车中的大坏蛋，不正是自己和玛丽塔吗？

毕莫大人抓住了他们，就把他们关进囚车送往监狱。

这种感觉真别扭，他居然成了别人眼中的大坏蛋。玛丽塔蜷缩在囚车角落里，浑身颤抖着在哭泣，看起来楚楚可怜。尽管玛丽塔放走了小霾，小川也不认为她就是坏人。

可是，车窗外的人们似乎非常憎恨她。大家义愤填膺，呼喊着要处死玛丽塔。

跟在囚车后面的人越来越多，场面乱糟糟的。一些愤怒的人们，还朝着囚车上丢杂物，更多的人在大喊："杀死玛丽塔，消灭雾小霾！杀死玛丽塔，消灭雾小霾！"

还有一个年轻人拿着通缉告示，抖到囚车窗户前面，大喊："恶魔！恶魔！"

更可气的是，一个胖女人，指着囚车对众人说："我看见过她，是那个离家出走的少女，我报告了毕莫大人。可她逃跑了，还打碎了我邻居家的镜子，真是苍天有眼啊，终于抓到她了。"

咦？这个不是老医生的邻居吗？那个大嗓门胖女人，她也如此憎恨玛丽塔？小川迷惑了，玛丽塔只不过放走了小霾，这又不是什么伤天害理的大事，为什么森林王国的人们如此义愤填膺？

囚车载着小川和玛丽塔继续往前，终于驶出了森林大道，甩掉了情绪激昂的人们，朝着一个三面环海的小岛开去。

这个小岛上唯一的建筑，就是一座高高耸立的石头监狱。周围是大海，只有一条长长的大桥，连接森林王国。

囚车带着他们驶上大桥，小川从车窗里看见一个巨大的石碑，上面写着：关塔纳魔湾监狱。

巨大石头筑起这座坚硬的堡垒，又有十步一岗、五步一哨的守卫，让小川觉得自己一定是犯下了滔天大罪，才被送到这戒备森严的恐怖监狱。

他们被严肃的守卫押送到阴暗的监牢里。

森林王国最有权势的毕莫大人，正紧紧地抿着单薄的嘴唇，用冰冷的鹰眼看着他们被推进来。

终于抓到这个女孩了，她搅得森林王国鸡犬不宁，自然要送到监控最森严的监狱，由他来亲自审问。

"玛丽塔，你知道我不喜欢天翻地覆的生活，"毕莫大人说，我还是希望你能与我们合作。"毕莫大人冷冷的鹰眼盯着她。

玛丽塔浑身发抖，但却坚定地摇摇头。

毕莫大人冷哼一声，"看来，我们还是话不投机，那就不说了，动手吧！"他挥挥手，那些凶神恶煞的守卫就把小川和玛丽塔推进里面的房间。

小川不禁倒吸一口凉气。里间是刑讯室，摆满了可怕的刑具——烧红的烙铁、带着血迹的皮鞭、明晃晃的电棍、扎手指的刺针，看着都肉疼。

玛丽塔瘫倒在地，小川慌忙去扶她。这个时候，外面传来

一阵吵闹声。

门外一位提着菜篮子，有一头烟熏灰头发的老奶奶，喊叫着要冲进来。

那位戴着高度近视眼镜，有亚麻棕色卷曲头发的男子，正劝她冷静，"夏嬷嬷，你不能进来。"

毕莫大人看到这两个人，脸上的冰冷瞬间融化了，堆上了笑容，示意守卫放他们进来。

"阿里木教授，也许我应该先让你们聊聊！"毕莫大人示意审问人员离开。

他走到夏嬷嬷身边，故意说道："还是你们劝她比较好，我们都是用那些东西劝人的。"他指着里间的刑具。

夏嬷嬷往里面看了一眼，吓得浑身发抖，就冲进来，抓住玛丽塔哄劝道："乖，玛丽塔，你快点同意吧！"

"夏提尔嬷嬷，我不——"玛丽塔摇头哭泣着。

"玛丽塔，你真是任性无知。"那位阿里木教授一进来就批评道。他长得高鼻深目，亚麻棕色头发天然卷曲，乱蓬蓬的像个鸟窝，戴着高度近视眼镜，眼袋浮肿，似乎为什么事情彻夜未眠。

玛丽塔哭喊道："我不会让你们杀死小霾的，它是唯一一个，它死掉霾就灭绝了。"

阿里木教授看到玛丽塔反驳，一副痛心疾首的样子，"你在助纣为虐，看看它把环境弄成了什么样子?"

阿里木教授和玛丽塔一见面就吵起来。夏嬷嬷只得劝道："好了，好了，阿里木，巫师都要杀你女儿了，你还不想个办法！"

阿里木教授简直是欲哭无泪。他也曾经很理智地劝自己，身为一个青少年的家长，无论多么生气，无论玛丽塔变得多么不懂规矩，他绝不容许自己发自内心地恨女儿。可该说的都说了，该劝的都劝了，玛丽塔就是不听话，"什么办法都没用，她鬼迷心窍。"

夏嬷嬷又哄玛丽塔交出小霾。

"夏提尔嬷嬷，"玛丽塔坚定道，"如果你不能帮我，就不要再劝我了，我不会交出小霾的。"

"不交，不交，"阿里木教授又忍不住吼道，"你受得了这刑法吗？他们会打死你的。"

"你就看着他们打死你的女儿吗，阿里木？"夏嬷嬷也吼道。

"我也不能看着她做坏事，夏嬷嬷！"阿里木吼了回去，"如果不交出小霾，这一切就是她自找的。"

他们不能达成一致意见，就在监狱里吵了起来。最后，还是毕莫大人出来，把他们劝出了监狱。阿里木离开的时候，还是火冒三丈，"不交出那个腐蚀怪，我就没有你这个女儿！"

"那你走！"玛丽塔哭喊道。

小川明白，玛丽塔是不会交出小霾的，她宁肯跟爸爸断绝关系。

毕莫大人也明白了，他劝走了阿里木教授和夏提尔嬷嬷。

回到监牢之后，他就不再审问，而是像聊天一样，"听说你唱歌很好听啊？"

小川和玛丽塔都不明白他是什么意思，呆呆地看着他。

"就把你舌头割下来，"毕莫大人平静地说，"放在火上烤，怎么样！"

"不要这样，"小川阻止。玛丽塔是个完美女孩，她不该有任何瑕疵，"要打就打我吧！"

毕莫大人走到小川面前，黄色的鹰眼似乎能穿透人心，"你知道什么？"

"他什么都不知道，他跟这件事无关。"玛丽塔急忙辩解。

毕莫看了看玛丽塔，想出了一个办法，"既然什么也不知道，留着也没用。"他优雅地摆摆手，两个守卫过来，他们把一个通电夹子夹住小川的脚指头。

小川感觉呼吸困难，他知道自己将遭受电击。玛丽塔腿都软了，如果不是绳子捆着，她早就瘫软在地上了。

"他是外来的，他真的不知道发生了什么！"玛丽塔楚楚可怜地道，"他是无辜的，放了他吧！"

毕莫大人摆摆手让继续，守卫去拉电闸。

"不，不！"玛丽塔简直崩溃了，"我告诉你们，我告诉你。"

玛丽塔软了下来，守卫收住了电闸。

毕莫大人笑了，只要他们彼此关心，他就能达到目的。

第十四章
牢·计

吼当一声,小川感觉浑身一颤,瘫软在地上,好像掉进了十八层地狱,坠入了火焰的炙烤。钻心的难受,浑身的刺痛,恍恍惚惚中,他又回到了幸福岛那片废墟,青烟缭绕,死亡的气息环绕。他感觉自己像个鬼魂般忽忽悠悠飘荡着。

哗啦一声,全身冰凉,废墟消失。小川睁开眼睛,凉水顺着他的头发流淌下来,他被泼醒了。他看见玛丽塔奄奄一息,像个落汤鸡,美丽的头发糊在脸上,头上哗哗往下流着水。

守卫用凉水泼醒了他们。

发生了什么?

小川努力回想:毕莫大人要使用电击,玛丽塔不让,她说出小霾就在垃圾山下。毕莫大人十分不屑,他们已经查出小霾在什么地方,他们要的是玛丽塔协助抓捕小霾。

"我不帮你们,有本事你们自己去抓。"玛丽塔拒绝了。因此他们两个就遭受了电击,被折磨得奄奄一息。等他们苏醒过来，毕莫大人依然冷冷地看着。

"我不喜欢这被你们搅得天翻地覆的生活，"他说，"帮我们抓住小霾！"

玛丽塔用仅仅剩下的一点力气摇摇头，"不帮！"

又是一阵痛苦袭来，他们再次遭受了电击，昏迷过去。这一次他们没有那么快苏醒，侍卫把他们送进地下监牢。

到了半夜，小川苏醒过来，又冷又难受，看到玛丽塔缩在角落里瑟瑟发抖，凌乱的头发上沾着稻草。她咳嗽着，衣服都湿了，牢房里十分阴冷，看来玛丽塔感冒了。

小川抓起一把稻草盖在她身上。

"你怕死吗，小川？"玛丽塔虚弱地问。

"别乱想了，玛丽塔，会有办法的。"小川安慰她。

"有什么办法呢，要么杀死小霾要么杀死我！"玛丽塔悲伤道。

毕莫巫师简直就是一个冷血恶魔。明天还要面临更加严厉的拷打，直到他们屈服。

"玛丽塔，仅仅因为小霾污染了他们的水吗？"小川问，其实，死不怕，他想要死得明白。

"也许，"玛丽塔结巴道，"也许污染——有些严重！"

"有多严重，你看见过吗？"

玛丽塔摇摇头，满眼泪水。她告诉小川，自己不是任性，只是因为小霾是地球的清洁卫士，目前只有一只，如果他们杀了小霾，这个物种就灭绝了。

"清洁卫士?"小川一点儿也不明白,小霾污染水源,怎么还是清洁卫士?

"它能净化垃圾,有点儿像蚯蚓。"玛丽塔解释,"人们丢弃的快餐盒、塑料袋、废铜烂铁、砖头瓦块,小霾都能吃到肚子里,然后消化掉。"

小川瞪大了眼睛,这是个什么怪物啊?"它身体怎么会有如此强大的消化功能?"

"是腐蚀功能,"玛丽塔解释,"因此我爸爸,不,那个讨厌的阿里木教授称它为腐蚀怪。"

居然有这样的动物存在!小川简直不敢相信。

但想起在垃圾山的时候,小霾吃可乐罐子像吃饼干一样,还把铁棍当成巧克力棒来吃。玛丽塔没有说谎。

小川感到很欣慰,玛丽塔不是任性无知,她是在保护一只神奇有用的小动物啊!

小川提议,把这些告诉毕莫大人,试着说服他放了小霾。

"不,"玛丽塔一下子站起来,看上去非常警觉,"你不能去说服那个邪恶巫师。"

"为什么?"

"他懂巫术,迷惑了我爸,不,阿里木教授,你千万不要去。"

"玛丽塔,你放心,我不会轻易被人迷惑的。"小川保证,"不管任何情况,我永远站在你这边。"

无论他怎么保证,玛丽塔就是不同意这个办法。

第二天，守卫又过来提审，他们被押送到新的审讯室，小川发现门上写着死刑室，屋里有一台电椅。小川知道，如果玛丽塔一直不合作，他们就会被活活电死在这里。

必须想个办法。

毕莫大人也下定决心，今天的审讯必须有进展。霾怪兽破坏森林污染水源，导致五百多人死亡，情况越来越糟糕。作为森林王国的首相，他不能坐视不理。

如果玛丽塔不合作，他就要杀了那个杂毛男孩。

"玛丽塔，如果你不协助我们，"毕莫大人拍了拍电椅，又指着小川，"我就杀了他！"

玛丽塔也看到了毕莫大人坚定的目光，她知道毕莫大人说到做到。

她现在很后悔，应该早点儿狠心赶走小川，现在连累到他了。小川真的很无辜，他根本就不该牵扯其中，"请你放他走，毕莫大人，"玛丽塔诚恳道，"他只是凑巧被我所救，他什么都不知道！"

毕莫大人早就看出玛丽塔不想让这个男孩死，就说道："他既然什么都不知道，留着也没有用，推上电椅吧！"他轻描淡写地说着，好像杀人就是切个西瓜那么简单。

两个守卫推着小川走向死刑室。他们把小川捆绑在电椅上，然后给小川戴上了一个电击帽子，一切准备就绪，就要去拉电闸。

"不要杀他!"玛丽塔再也站不住了,跪在地上,说出了真正的原因,"他是幸福岛大灾难的唯一幸存者!"

毕莫大人听到这句话,眼睛都亮了。他嘴角露出一丝不易察觉的微笑,围着小川绕了几圈,上下打量很久,他在心里感叹,幸福岛居然还有幸存者?四座附属岛屿沉入海底,主岛上的活物无一幸免,他居然能活下来,这是天大的幸运啊!

不过,他肯定遭受了核辐射,这孩子的模样已经不正常了。但他活了下来,他是那场超级大灾难的唯一见证者,他的价值可比霾怪兽还要高啊!毕莫大人心里已经拿定了主意,但还是故意问道:"你死前还有什么遗言吗?"

"我不打算死!"小川决定了,"我帮你们抓住那个小怪物!条件是放了玛丽塔。"

"不,小川,你不能去抓小霾,"玛丽塔痛苦道,"它是地球的清洁卫士,不是污染的恶魔。"

"玛丽塔,"毕莫大人用冷冷的鹰眼瞪着她,"你才是恶魔!"

"她不是!"小川反驳。

毕莫大人冷笑一声,"你可以跟我去看看,这个长着天使面孔的女孩都做了什么。"

毕莫大人解开小川的绳子,玛丽塔不让小川去,跑过来阻拦,但是被守卫抓住了。

小川还是跟着巫师走了,他这样做只想避免玛丽塔受到刑罚。他走到门口，又有些不放心了，他要向玛丽塔透露一些，免得她做出什么傻事。

"毕莫大人，"小川请求，"我能和玛丽塔告别吗？"

毕莫大人锐利的眼睛盯着小川，看得他心虚。

最后，毕莫大人点头同意。小川又走回牢房拥抱了玛丽塔，"保重！"

玛丽塔想说什么，但小川伏在她耳边轻轻说了一句话："别急，我会让小霾过来救你！"小川眨眨眼睛，他怎么能忘了呢，吃铁的小怪物啊，"监牢的铁窗对小霾来说，还不是小菜一碟。"

玛丽塔惊呆在那儿，他，他是智障吗？

小川狡黠一笑，走出了监牢。

第十五章

天使还是恶魔

　　小川不知道毕莫大人带他去什么地方。四周看了看，他们正行走在森林王国紫荆花城通往青苔皇宫的大道上。

　　看着两边的建筑，小川惊呆了。他以为派出那么多黑衣人来抓捕小霾，已经是兴师动众了，万万没有想到，森林王国居然还有这么多关于霾的机构。他看了不少于三遍，没错，一个绿树掩映的红墙门口，就写着：霾研究所。里面几栋气派的建筑，难道是专门研究小霾的？

　　走过这个奇怪的机构，前面出现一个像学校的地方，赫然几个大字：猎霾训练中心。

　　还有专门猎杀小霾的训练学校啊？

　　这真是一个不可思议的国度，为了对付一只小动物，建立这么多机构，森林王国到底生活着什么样奇葩的人啊？

　　毕莫大人一言不发，带他上了汽车。

　　这是要去哪里？

小川以为他们会直接去垃圾山，捉拿雾小霾。可司机却一直往前开。小川看到汽车驶出森林王国的紫荆花城，正在高速路上飞驰。

小川忍不住问："这是去哪里？"

"带你去森林王国最美丽的地方旅游！"毕莫大人严肃道。

小川不明白，为何不带他抓小霾，反而去旅游？看毕莫大人的样子，不像开玩笑的。

"毕莫大人，小霾只是污染了你们一点儿水？"

"只是污染了水！"毕莫大人的声音没有任何情绪。

"只是水？"小川确认。

"对，只是水！"毕莫大人回答。之后，他们又没有话说了。小川觉得简直像走了漫长的一个世纪，汽车终于下了高速，朝着一个风景区驶去——毕莫大人不是开玩笑，真的带他来旅游？

他们真的来到旅游景区。景区入口的山体上还刻着：荔波小七孔。

这里风景优美，但是没有游客。等汽车拐进景区，小川就知道为何没有游客了：本来是花香鸟语的地方，却散发出一股刺鼻的味道。山间原本有条小溪，许多腐烂的动物尸体淤积在乱石堆中，网子兜住一些鸟毛和杂物，乌黑的溪水就在淤泥中流淌，微风吹过，臭味扑鼻。

小川感觉自己快要吐出来了，想要赶快逃离。可毕莫大人却下车步行。他带着小川，顺着这条河流走。

"小霾只是污染了我们的水！"毕莫大人说，"你过来看看。"

小川跟着毕莫大人进入一个村子，这是河流下游的村庄，村民临河而居，房屋建筑在河道两边。这是一个靠着风景区发财的村子，修建着许多民宿。

现在都废弃了，没有游客的踪影，只有一些当地人，小川看到他们在收拾东西，好像准备搬家的样子。

毕莫大人带着小川走进村中，他看见几位老人，吓了一跳。那些老人的模样触目惊心——他们瘦骨嶙峋，血管都变成了黑色的，在皮肤下清晰可见，像被套上了一个网子。

"霾只是污染了我们的水，"毕莫大人平静地说，"而村民喝了水，就成了这副模样。"

小川不知道该说什么，他没有想到，只是污染了一点儿水，会严重到这般地步——旅游区没有游客了，村民生病了。

毕莫大人带着他继续往前走，穿过村子，小川便看到一汪大湖。山间的溪水都汇聚到这片大湖中。

原本应该令人心旷神怡、波光粼粼的湖面，已被污染得全黑，湖边上堆积着杂物，一只小木船沉在淤泥里，昔日它一定搭载过游客泛舟湖面。

水不清澈，风景就失去了灵动。像一个死去的花季少女，令人惋惜。

污染的水影响心情，让人失去幸福的感觉，小川非常难过。毕莫大人还觉得他不够难过，又带他进入一所小医院里。

小医院里挤满了病人，有男有女，有老有少。他们都穿着病号服，有的挂着吊针，有的在痛苦呻吟。无一例外，他们都受到了某种病毒的感染——血管都变成了黑色。

在一间重症病房前，毕莫大人停住了脚步，示意小川看——病房门口，坐着一位白发苍苍的老爷爷和一个两岁小孩。

"看到那老头了吗？他的儿子死于霾病毒，儿媳正在抢救，如果没有奇迹发生，小孩要由这个老头养大。"

小川简直不忍心看，那老人家已经是颤颤巍巍了，怎么能带大两岁小孩子呢？

毕莫大人看了小川一眼，就带着他走出医院的后门。

后门外面，是一片死亡者的坟地。这里足足有四五百个新堆起的坟头。小川路过时，还有三家正在下葬。他们都穿着白色孝衣，哭得撕心裂肺。

毕莫大人一言不发，带着小川从坟地穿过，进入坟地边上一栋像灵堂的建筑里。

"我就住在这里！"毕莫大人说，"进去看看吧！"

小川盯着毕莫大人的背影，他很奇怪，为什么与死者为邻？房子里面凉飕飕的，很贴合毕莫大人冷峻的风格。

毕莫大人让小川坐在书桌前面，从书架上抽出一本像砖头那么厚的书，翻开给小川看。

小川完全不明白他要做什么。

"看看这个字！"毕莫大人翻开书本，指着其中一个字说，

"这个字念霾，霾其有咎。"

小川摇摇头，他没有看懂，在心里猜测毕莫大人带他来这里看书的目的。

"霾在殷墟甲骨文中多次出现，发明这个字的人很有幽默感，一只瞪大眼睛的狡猾狸猫，在籁籁而下的雨中，藏头露脚地走着。商代的甲骨文多为卜问，与霾相关的卜辞曰：霾其有咎。意思是这种天气对人不利。"毕莫大人解释，他又翻开下一页，上面是一个小动物的图片，小川仔细看图片，"是小霾!"

"就是它，毁了最美丽的旅游景区——荔波小七孔。"毕莫大人说。

"刚才路过的景区，就是霾毁掉的?"小川不相信地问。

毕莫大人点点头。

小川明白了，毕莫大人带他来旅游的目的——如果不是实实在在地看到，他不会知道小霾给这些人带来了伤害。

可是，直觉告诉小川，玛丽塔不是爱撒谎的女孩。

毕莫大人不会弄出假的来骗他吧? 他拿出一个风景区来证实小霾污染了环境，这不会是假的吧?

小川迷惑了，霾到底是天使还是恶魔?

第十六章

小霾爆炸了

毕莫大人带他看的一切，是不是一个阴谋呢？小川正思考着，门外一个声音打断了他。

"毕莫大人！"

小川循声望去，死亡者的墓地里，一只猴子蹿出来，它拽着一根藤条，越过坟头，速度极快地跳跃过来。

等到了跟前，小川才看清那不是猴子，而是个瘦小麻利的女孩儿。她头发像枯草，模样凶悍精瘦，碧绿的眼珠让她看起来有些像狼。偏偏她还穿了猴皮做的短裙，乍一看真会把她当成动物。

"我以为是猴——"小川觉得说人像动物不太礼貌，便夸奖道，"你真麻利！"

那女孩抬起碧绿的眼睛看了看小川的头发，没有吭声，走向毕莫，"大人，你是不是要去杀霾？"女孩声音沙哑，她头上缠着白色孝布，大概刚刚埋葬了亲人，哭得声音沙哑了。

"我想，"毕莫大人看了一眼小川，"是的。"

女孩一把扯下头上的白色孝布，她认真的眼神透露出瘆人的狼意，"我也去！"

毕莫大人看着女孩瘦小的身材，"你父母同意吗？"

"我刚刚把他们埋了。"女孩淡然道。

这是毕莫大人叫人演戏吗？他们演得可真好！这女孩一副视死如归的样子，她要去猎杀霾怪兽，还有许多人来劝她不要去。其中一位老奶奶痛哭流涕地阻止她，"孩子，你不要冲动了，如果你出意外，你弟弟怎么活呀？"

还有一位中年女人也劝道，"水玲珑，你是家里唯一的希望了，可不能再有闪失啊。"

"冷玥姑姑，我一定要替爸妈报仇。"水玲珑坚定地离开。

一个男孩跑过来拦住了水玲珑。他比水玲珑高，但和水玲珑一样有像狼般的碧绿大眼睛，让他显得坚定刚毅。奇怪的是他额头上画着一个图案：三个银杏叶形状的扇形，围绕着一个圆点。好像某一种东西的标志。

"皇家勇士都不敢去捉霾，你不是送死吗？"他也不让水玲珑去。

"溪原子，我根本就不想活了，不如死前杀了那霾怪兽。"女孩水玲珑眼神坚定。

那男孩意识到不能劝服她，就把自己腰上的短刀拿下来。那碧绿短刀的刀柄上还镶嵌着三枚红宝石，他送给水玲珑，

"保护好自己！"

"溪原子，这——我不能要！"水玲珑看着那把珍贵的碧绿宝刀，没有去接。男孩把宝刀塞进水玲珑的手里，"用它保护好自己，我们等你回来！"

他说完退了回去，水玲珑点点头，收下宝刀，跟上毕莫大人的脚步。

小川看到许多人围了过来，大家都很激动，奔走相告，看，终于有人要去猎杀霾怪兽了。

那些生病的、年轻的、年老的，所有人都出来了，议论着终于有人去抓霾怪兽了。大家拍手庆贺，还有人高兴得哭了。小川肯定他们不是演戏，那是发自内心的高兴。

消息像长了翅膀一样，等他们回去，紫荆花城的人们也知道有人要去捉拿霾怪兽了。当毕莫大人带着小川、水玲珑走向垃圾填埋场，许多人都说他们有勇气。小川实在不明白，小霾有什么好怕的？面对那么一个可爱的萌宠需要什么勇气？

他们三个进入垃圾填埋场。

"一路上考虑得怎么样？"毕莫大人问，"是协助我们抓捕雾小霾，还是召唤它去救玛丽塔？"

小川没有出声，他的问题可不是站在哪一边，而是小霾听不听话。如果小霾不听话，既没有办法抓住它，也没有办法救出玛丽塔。

"首先看它听不听召唤。"小川如实相告。

他学着玛丽塔教给他的召唤口哨，叫了三声。

嘿！小霾果然从地下钻出来，它头上顶着一个塑料袋。小霾朝着小川露出笑脸，飘扬的塑料袋落下来，盖住了它的笑脸。小霾十分好奇，抓住塑料袋看了一会儿，才明白是从自己头上掉下来的，然后它把塑料袋塞进嘴里，舌头卷了几下，塑料袋就被吞下去了，然后它打了一个响亮的嗝。

小川正想知道，小霾是不是噎着了，就听见水玲珑发出惊叹声，"它吃塑料！"

"它什么都吃。"小川告诉她。

小川朝着小霾招手，它就蹦蹦跳跳地跑了过来。

"这，这——它就是雾小霾？"水玲珑不相信地问。

毕莫大人点点头，"我第一次看见的时候，也怀疑是搞错了，但它就是恶魔。"

水玲珑看到雾小霾，恨得咬牙切齿，碧绿的眼睛中闪出瘆人的狠意。她拿着网子，就朝小霾扑过去。动作准确快速，一下就网住了小霾。

但是，一眨眼，网子里就空了，水玲珑不相信地眨眨她的碧绿眼睛，她明明捕捉到了，怎么不见了？

地面上有个小洞，水玲珑似乎知道了霾的去向，大叫着让人来挖掘。

小霾已经从另外一个地方露出头来，朝着水玲珑做鬼脸，然后跳着脚，嘴里吱吱笑着，好像在说：你抓不到我，抓不到我！

"我们挖不过它的，"毕莫大人说，"霾像个钻地机器。"

水玲珑对霾一无所知，而毕莫大人对霾了解不少。小川突然想起森林王国有霾研究所。既然知彼知己，应该百战不殆。他们怎么自己搞不定，还要玛丽塔协助呢？

真是奇怪！

毕莫大人招呼水玲珑退下，他们隐蔽起来，只留小川一个人。

人不在多，在于能控制。

小川又试着吹了口哨，小霾又在附近地下钻出头来。小川停住了，他该怎么做？是让小霾救出玛丽塔，还是帮助森林王国捉住小霾？

小川陷入两难之中，那些触目惊心的污染，如果真是小霾所为，它就是十恶不赦。玛丽塔那么善良，她也不可能撒谎啊！

小川不能贸然行动，他试探性地问："玛丽塔让我带你去玩哦！"

小霾一听，高兴得直跳脚，嘴里咿咿呀呀的，像个快乐的小孩在转圈圈。

"跟我走吧，我带着你去找玛丽塔！"小川哄道。

小霾点点头，它看起来像个三岁的纯洁孩子，真的很好哄骗，就跟着小川吧嗒吧嗒走。

看着小霾跟着自己，小川突然有一种做人贩子的感觉，大概那些纯洁的小孩就是这样被拐走的吧？

　　小霾跟在小川旁边，不时捡起地面的垃圾，往嘴里塞，吃得津津有味。

　　小川突然想到了一个办法，如果他能捉住小霾，是交给巫师，还是让它救出玛丽塔，都可以随机应变——对，先抓住它。

　　于是小川蹲下来，"小霾，你累不累，我抱着你走吧。"

　　小霾摇头，吱吱笑着，好像说：不累不累。

　　小川追它，小霾以为跟它闹着玩，就蹦蹦跳跳嘻嘻哈哈往前跑。到了河边，小霾停下来。

　　小川觉得机会来了，伸手一抓，小霾就扑通跳进河流里。这下子，小霾完全变了，它更加活泼起来！

　　哈哈，洗澡！洗澡！它像个孩子一样发出快乐的呼呼声。然后撅着屁股，把头插进水里，小尾巴摇晃着，小短腿乱蹬着，像鸭子那样在水里捉鱼。它猛地钻出小脑袋，眨巴着大眼睛，看上去极其懵懂可爱。

　　小川正想笑，却闻到了一股刺鼻的气味，小霾在水里游着，就像墨水播种机，它游过的水，全部变成了黑色。

　　小川惊呆了，看着小霾像天空飞过的飞机，带着一条白云。不，它带的是黑云——小霾游过，黑云就像滴在水里的墨水，瞬间融化开了。整条碧绿的小河瞬间被污染成了黑水，散发着刺鼻的臭味。

　　"啊啊啊，你怎么让它去水里了，"水玲珑大叫，"你还嫌我们的水不够污染吗？"

"出来，出来，小霾！"小川喊道。

小霾摇摇头，继续在水里嬉戏。

小川追赶过去，生气地喊道："如果你不出来，玛丽塔就会生气了！"

小霾一听，马上乖乖地从水里爬出来，像个小狗，抖了抖身上的水珠，身上瞬间干干的。它乖巧地站在小川前面，做出可爱状，一副你不要打我的讨好样子。

水玲珑一看是个好机会，再次套住了小霾。然后她一翻转，就束紧了网口，把小霾困在了网兜里。

小霾惊呆了，它就那样呆呆地躺在地上，眨着无辜的大眼睛，半天没有反应过来是怎么回事。

"大人，你确定没有抓错吗？"水玲珑不放心地问。小霾看起来像三岁幼童，迷糊委屈的样子令人心疼。

毕莫大人蹲下来，与小霾面对面。小川在一边看着，他看见了小霾与巫师对视。然后，小霾的眼光就变了，眼睛里露出杀气。

"没错，它就是雾小霾，你们快跑！"毕莫大人喊道。

变化太快了，谁也没有想到，小霾会爆炸。

第十七章

背叛了救命恩人

小霾躺在地上半天，眨巴着圆圆的大眼睛，渐渐明白过来是怎么回事。这个女孩不是逗它玩，而是要捉住它。

小霾眼睛里的懵懂可爱消失了，一股杀气腾腾冒出来，它的身体膨胀起来，越鼓越大。

"快点撤离！"毕莫大人嘶哑地喊，小川还没有反应过来，就听到了小霾幼小的身体发出了野兽般的呜呜怒吼，让人浑身发麻，感觉就要大祸临头。

小霾膨胀得越来越大，简直像个巨大的毛茸茸的气球。接着，砰的一声巨响，小霾就爆炸了，像烟花爆开之后的唰唰声，霾化成了无数黑点。那些黑点唰唰地飘散开来，像一团巨大的黑雾，越来越多，越来越大，然后黑雾慢慢地变化成了巨大的黑暗死神。

死神眼睛里冒出红色的火焰，浑身散发出一种震撼人心的恐怖力量，周围的空气似乎都在颤抖。大地被这股黑暗气息所笼罩，阳光不见了，树叶低垂，花朵枯萎，正飞过的鸟儿都收起翅膀跌落在地，鱼儿躲在水底瑟瑟发抖，世间的一切似乎都畏惧它的降临。

小川突然感到一阵彻骨的阴冷袭来，瑟瑟发抖，绝望的情绪袭上心头，他瞬间觉得生活失去了希望，活着毫无意义。周围一片黑暗。他感觉自己躺在了那片废墟上，奄奄一息——幸福岛所有人都死了，只剩下他一个，活着还有什么意义？他根本就无法走出那种痛苦，也无法恢复正常。看看他的样子，活得像个鬼，没有任何意义，不如就此停止挣扎，放弃一切，死——

轰隆的声音震动了耳膜，头顶上出现了光芒。小川睁开眼睛，是毕莫大人手里的权杖发出的光芒。黑雾不见了，网子里空无一物，水玲珑蜷缩在地上。

"没事了，它走了！"毕莫大人气喘吁吁地收回权杖。

小霾正朝着垃圾山走去，一边走还一边擦眼泪哽咽着，好像一个被抢走了糖的小孩，委委屈屈地回家去了。

水玲珑整个手都变得青紫，躺在地上一动不动，好像中毒了。小川感觉自己胸闷，浑身无力。

他们休息了半天，回到霾研究所。

阿里木教授检查他们的伤势，他认为小霾不太生气，没有给他们造成致命伤害。

阿里木教授对那个猎网很感兴趣，没有断裂，没有开口，小霾就这样逃走了。他认为猎网上肯定残留着霾物质，他拿着猎网就去研究。

"刚才是怎么回事?"水玲珑问,"我觉得天黑了,也不想活了。"

"霾能影响人的情绪!"阿里木教授对着显微镜说,他正在研究猎网上残留的霾物质。

"小霾到底是个什么动物?"小川好奇地问。

"它可不是动物,"阿里木教授解释,"我们研究了几十年,才弄明白它是新生物种。"

"什么物种?"小川问。

"唉,目前无法归类!"阿里木教授叹口气。

"它一出来就挡住了太阳!"水玲珑说,"很冷!"

"那是气场,"阿里木教授解释道,"这个世界上气场最强大的就是霾,它的气焰,能盖住太阳光芒,影响人的情绪。"

阿里木教授给他们解释,霾怪兽暴怒的时候,浑身散发出戾气。这种氛围一出现,会引发人心底埋藏的痛苦,大家都感到绝望,抵抗力不强的人,会当场自杀。

小川脑子里闪过几个画面,他看到了幸福岛的废墟,他知道所有人都死了,"我看到那个噩梦,"小川突然就崩溃了,"那个永远走不出的噩梦。"

阿里木教授终于停下了他的研究,看着抽泣的小川。

"所有人都死了,只剩下我自己!"小川哭着道,"没有一个活人啊!"

"哦,孩子!"教授替他难过,"看来霾对你的影响比较大,"

阿里木教授劝道，"那只是幻觉，只是画面，孩子，你要相信那不是真的。"

"你是说，只是我的幻觉?"小川激动道，"这么说，幸福岛废墟是幻觉不是真实的，他们都活着。"

阿里木教授显然没有听懂小川的话。但他看到小川说完这句话后很开心的样子，就点了点头。

小川哭着笑了，原来没有灾难，只是他头脑里的幻觉，怪不得老医生说他脑子少根筋。

水玲珑在一旁看着小川，他一会儿哭一会儿笑的，看来真是脑子有问题啊。不过，让她感到震惊的还是霾怪兽。毕莫大人靠近的时候，她也想过去摸摸那只霾怪兽。可是，霾爆炸了，她距离好远，手却还是受伤了。阿里木教授给她涂抹防霾药膏的时候，千叮咛万嘱咐，不要他们触摸小霾。

"你们千万不能碰它!"教授警告，"霾满身毒素，沾上就治不好的。"

"霾真是恐怖的魔鬼，"水玲珑气愤道，"我恨死它了。"

教授想，自己的女儿也像她一样就好了，可玛丽塔深深爱着那个魔鬼。

小川好了之后，立即去看望玛丽塔。

也许，玛丽塔把小霾当成小萌宠，根本不知道它有巨大的能量。也许玛丽塔根本没有看见过小霾变成死神。

小川要找玛丽塔好好谈谈。

监牢中，玛丽塔也期盼着小川回来。她一直有种不好的预感，那个邪恶巫师会劝说小川。玛丽塔不想失去小川，除了他，没有人支持她保护小霾。

玛丽塔正忐忑不安，小川回来了。

"你还好吗?"玛丽塔不等守卫打开门，就抓着护栏紧张地问。

"我没事!"小川对她说。

"那，小霾还好吗?"

"它也没事!"

玛丽塔松了一口气，看起来放心了，"我以为你也像爸爸一样，站在了巫师那边，回来就好!"

玛丽塔开心的样子，让小川话到嘴边又咽了回去，他不知道怎么说。但他不能不说，他看见了小霾破坏的旅游景区。

小川让她坐下来，自己也坐在她身边，他要和玛丽塔好好谈谈，"你知道它会变形吗?"

玛丽塔警惕起来，"你惹它生气了?"

"你知道它会变形?"

"不惹怒它，它就不变形。"

"玛丽塔，也许——我们错了，"小川艰难道，"不该再让它到处乱跑!"

"我知道，我已经劝它回家了。"

"我们应该抓住它!"小川下定决心说。

　　小川被巫师说服了，玛丽塔突然想到，他像爸爸那样来劝她封印小霾。玛丽塔看着小川，摇头后退开，"你们都不懂，小霾是清洁卫士，这个世界需要它。"

　　"也许我们错了，"小川决定告诉她，"你去看看那些污染，它已经把环境弄得乌烟瘴气。"

　　玛丽塔猜对了，她痛苦地闭上眼睛，"别说了，你走，我能和爸爸断绝关系，也可以和你素不相识。"

　　"你可以和我一起去看看那些污染！"小川耐心劝道。

　　可是玛丽塔非常生气，把小川推了出去，然后咣当一声，关了监狱的门。任凭小川怎么解释，玛丽塔再也不和他说话了。她背靠着墙壁蹲下来，她绝望了，这个世界上，没有人会和她一起保护小霾，他们都看不透。

　　小川感觉自己背叛了玛丽塔。他曾经说过：任何时候，都会站在玛丽塔这一边。而现在，他失去了玛丽塔这个朋友。

　　此刻，他觉得自己一无所有了。

第十八章

悬赏五百万的逃犯

谁对谁错，谁是谁非？

小川心乱如麻理不清楚，他沮丧地走回去，迎面遇到夏嬷嬷，她提着菜篮子，似乎刚从外面买菜回来。

夏嬷嬷对这个杂毛男孩印象深刻，她也听说了他去伏霾，并且知道他去劝说玛丽塔。不过，看他的表情应该没有成功。夏嬷嬷记得一清二楚，阿里木劝说玛丽塔回来，也是这个样子的。

夏嬷嬷和他打招呼，"小川，你是去看玛丽塔了？她还好吗？"

小川停下脚步回应了夏嬷嬷，给她讲了玛丽塔的情况，最后说道："她生气了，她说能和爸爸断绝关系，也能和我不认识。"

小川很沮丧，玛丽塔既然知道小霾污染河流，她为什么还那么喜欢它？她怎能对污染无动于衷？

"玛丽塔喜欢霾，是遗传！"夏嬷嬷似乎知道小川的想法，说道，"夏黛儿，也就是玛丽塔的妈妈，也喜欢小霾。"

　　小川接过夏嬷嬷的菜篮子，请她坐在路边长凳上。听她说说玛丽塔吧！也许是自己对玛丽塔了解太少了，无法理解她的所作所为。

　　夏嬷嬷坐下，就给小川讲起来霾与玛丽塔的故事。

　　原来，玛丽塔的外曾祖父，就是森林王国的猎霾战士。九十九年前，是他抓住了小霾。

　　这位猎霾战士临死前交代：一百年之内，如果没有研究出制服霾的办法，一定要在一百年期限到来之际杀死霾。

　　猎霾战士的孙女——夏黛儿也非常喜欢小霾，长大后她的工作就是研究霾。后来遇到阿里木教授，两人都喜欢小霾，于是结婚了。

　　夏黛儿怀孕，意外感染了霾病毒，生下玛丽塔就死了。阿里木教授想要解开霾病毒的秘密。他会把小霾放在金刚钻缸里带回家，进行研究。因此，玛丽塔童年经常和小霾生活在一起，她和妈妈夏黛儿一样，把霾当成了宠物。

　　一百年的期限到了，阿里木教授没有研究出制服霾的方法，森林王国要按照规定处死小霾。而玛丽塔不同意，她知道霾能消化垃圾，如果能培育出这样一群小怪物，让它们消化垃圾，省去填埋，省去焚烧，森林王国会多么干净啊！

　　阿里木教授虽然知道霾有这个功能，却没有研究出制服它的办法。小霾不可控，非常危险，森林王国决定处死它。阿里木教授只能眼睁睁看着他们把小霾带走。他痛苦不堪。

而玛丽塔铤而走险，放走了小霾，因此成了森林王国悬赏缉拿的逃犯。

小川明白了，玛丽塔是这样成了悬赏五百万的逃犯。

"小霾能腐蚀垃圾，你看到过吗，嬷嬷？"小川问。

夏嬷嬷没有回答，反问道："小霾为什么能把石头腐蚀成粉末，为什么碰到就会感染病毒？因为它身上带着剧烈的腐蚀毒素，能把丢弃的垃圾腐蚀掉，它是地球的环保卫士。夏黛儿经常这样说，我都记着呢。"

"那就把小霾捉回来，让教授继续研究。"小川提议。

森林王国会杀死小霾的，夏嬷嬷确定，"毕莫大人下了决心，他把自己的办公室从青苔皇宫，搬到了死亡者的坟墓旁边，不抓住小霾，他就不搬回来。"

怪不得毕莫大人住在墓地旁边，那是他的决心——让那些死亡者时时刻刻警醒他。

不能让毕莫大人杀小霾，小川决定。玛丽塔从小就和小霾在一起，她比任何人都了解小霾，她不是任性，她是比别人看得远啊！她想利用霾腐蚀垃圾的特点来保护环境。

小川谢了夏嬷嬷，准备回霾研究所找教授聊聊。没想到，夏嬷嬷和他同路，她就是去霾研究所给阿里木教授做饭的。

他们敲开阿里木教授的办公室，发现毕莫大人和水玲珑都在，他们面前的桌子上，堆放着战甲和刀剑。

他们似乎正在讨论着什么。

夏嬷嬷点头打招呼，就去厨房了。阿里木教授招呼小川，"来坐吧！"

小川朝着毕莫大人点点头，就坐下来。

"玛丽塔不听劝告吧？"阿里木教授很直接地问。

小川只能点点头。

"那你就和我们一起抓小霾，"阿里木教授说，"既然如此，我们继续讨论，目前只找到这些战甲和刀剑。"

毕莫大人掂起来看了看，"哦，防霾武器！"

"真不知道当年外祖父是怎么抓住霾的。"阿里木教授皱着眉头，"霾网不住，火烧不死，子弹当成糖豆吃，刀一砍就散开了，过一会儿又成了小萌宠。"

水玲珑听了惊讶地张大嘴巴，"它肯定是个妖怪。"

"对！"夏嬷嬷从厨房出来，赞同道，"妖怪用可怜的眼神迷惑了我们玛丽塔。"

"乱说什么，嬷嬷，哪有什么妖怪。"阿里木教授声明，他们是科学研究霾的。

"那它会法术？"水玲珑说，"我亲眼看见它变成烟雾。"

"那不是烟雾。"阿里木教授解释，"霾是一种物质，能自行解体再聚合还原。"阿里木教授不想给他们这帮外行解释了，索性搬出一摞布满灰尘的档案纸袋，放在他们面前，"这是一百年前，抓捕霾的资料。"阿里木教授翻找着，抽出一本指给他们看。

小川看到上面第一句话，就写着：

霾有洁癖，总是喜欢寻找最干净的河流，洗清自己
身上的污浊，结果他一到水里，整条河流就会被污染。

小川想起小霾在水里嬉戏的样子，描写得没错，小霾确实
能污染整条河流。

阿里木教授指着下面，小川继续看：

提起霾，森林王国的人们，不知道写"他"还是
"它"更为合适。因为它会随着心情变化身体形态。开
心的时候，就是一个萌萌小怪物，生气的时候，就会
膨胀爆炸，化成恐怖死神。

"看到了吧，它能变化，可以生活在水里，也可以生活在陆
地上，属于两栖动物。"

"你说它不是动物?"小川提醒教授。

"对，它是魔鬼!"阿里木教授说。

小川继续往下看：

霾是杀不死的，关押满一百年，按照下列仪式，
可以让霾化为乌有。

小川伸头去看下列仪式，可惜那里被撕走了。

看到最重要的一页被撕走，夏嬷嬷松了一口气，不由得说道："幸亏只有玛丽塔知道那些仪式。"

阿里木教授瞪着她。

"哦，哦，我忘记了，厨房还煮着饭菜呢。"夏嬷嬷看到阿里木教授警告的目光，慌忙走掉了。

毕莫大人虽然坐在角落里没有说话，但他明白了，这位保姆不只把夏黛儿当成自己的孩子，她也把霾怪兽当成了孩子——在保护它。也许阿里木根本没有尽力去抓霾。

"阿里木教授，你必须拿出有用的猎霾武器，我知道你们家有的。"毕莫大人冷酷道。

阿里木明白夏嬷嬷说漏了嘴，毕莫大人生气了，有些为难地道："我不确定，金刚钻缸还能用不能。"

"不能。"夏嬷嬷又从厨房里冲出来，"那是传家宝，是私人的东西，不能拿去用。"

"我代表森林王国向您借用。"毕莫大人站起来，竟然恭恭敬敬地朝着夏嬷嬷鞠了一躬。

夏嬷嬷愣住了，不知道如何是好，看了一眼阿里木教授。阿里木教授只得走进房间里，默默捧出了一个金鱼缸。

"就这金鱼缸能捉住霾?"水玲珑不相信地问。

阿里木教授解释："这不是鱼缸，是要口朝下使用的，如果能抓住霾，这个口会自动封住。"

小川看不出这个玻璃缸有什么特别的，它看起来很薄，如果抓小霾的时候，也许一失手就会打碎。

教授把那缸放在桌子上，毕莫大人抬手一推，大家都惊叫起来，鱼缸砰的一声掉在地上，发出清脆的丁零声，它在地面打了个转，完好无损。

"啊，真正的金刚钻材质啊！"毕莫大人满意道。

他们正在看金刚钻缸，一个守卫慌慌张张来报告，"毕莫大人，玛丽塔在哭。"

毕莫大人生气了，玛丽塔在哭这种小事，干吗要报告给他？

"玛丽塔一哭，霾就出现了！"守卫惊恐道。

毕莫大人一下子站起来，这次，他们一定要捉住小霾。

第十九章
猎霾大战

森林王国阴风呼号，天昏地暗，似乎到了世界末日。

清澈见底的海水，现在已经变成了乌黑。狂浪滔天，击打着关塔纳魔湾监狱的墙壁，像怒兽狂吼，让人胆战心惊。

小霾，正迈动小短腿，跑向关塔纳魔湾监狱。大桥的另外一头，守卫们已经关闭了监狱大门，不让小霾进入。

而这边，毕莫大人带着阿里木教授、小川、水玲珑和一众皇家勇士过来，把小霾逼到了大桥上。他们发誓一定要捉住霾。

他们全副武装，居然也让小川和水玲珑穿上了防霾战甲，并给他们每人配备了一把猎霾宝剑。

小川因为会召唤小霾，站在最前面，捧着金刚钻缸与小霾面对面。

这次，小霾没有笑脸，对着小川发出恐怖的呜呜低吼，听起来像狮吼，让人战栗。

"小霾，你不要冲动，好吗?"小川壮着胆子商量道。

小霾居然摇摇头，转身走向监狱大门。它看到监狱大门紧锁着，上面还有许多守卫举着黑洞洞的枪口对着它，就生气了，开始膨胀。

"不不，小霾，你听我说！"阿里木教授也劝道。

小霾一发脾气就不会再听劝告了。它越膨胀越大，然后砰的一声爆炸，化成一个个小黑点飘浮在空中，小黑点爆炸成黑雾，聚合到一起，死神出现了，它像怪兽一样恐怖，眼睛里冒出愤怒的火焰。

毕莫大人拿出权杖，发出咒语，朝着霾怪兽打去。

霾怪兽伸出了手，居然是明晃晃的收割生命的死神镰刀。霎时，风云突变，冷风凄厉。天上的云朵都变成了黑色的，环境压抑，每一个人都感到了冷入骨髓的寒气。

霾怪兽带着愤怒和凄厉，带着凶狠的杀气，朝着他们扑过去。皇家勇士承受不住了，哽咽着后退。

"大家把事情往好的方面想！"阿里木喊道，"抵抗住霾怪兽的气场！"

这谈何容易！空气中充满绝望的气息，每一个人都快要崩溃了。霾怪兽的怒气变成了狂风，戾气变成了杀戮，开始进攻。巨大镰刀呼啸而来，小川缩在地面，死神镰刀带着阴风从他头顶扫过。

霾怪兽扑了个空。

"千万不要碰到它！"阿里木教授提醒大家。

霾怪兽转头又扑过来。小川一咬牙，举起金刚钻缸，朝着它罩过去。他要封印它！

霾怪兽看到金刚钻缸砸过来，就退缩到水面上。小川紧追不舍，他也跳到水面上，结果落在霾怪兽身上。他举起金刚钻缸朝着霾怪兽扣了下去。无论它逃到哪儿，他都要抓住它。

霾怪兽快要被罩住了，但它像条狡猾的鱼儿一样，哧溜潜进了水下，并把小川也带入海中。

周围的树木被折断，水源被污染，空气中弥漫着污染的臭味，人人脸上带着绝望，森林王国仿佛笼罩在一股死亡气息中。

阿里木教授跳进海里去抢救小川。但海面上已经没有人影，只有一块大礁石被霾碰到，成了粉末，海水一冲就散开了。

毕莫大人也看到了这一场面，阿里木教授一直提醒，不要碰到霾怪兽。可是小川还跳到霾怪兽的身上。唉！他刚一上场，就被腐蚀成了粉末。

人人都盯着海面，大家都为小川感到难过，一时间寂静无声。这时候，砰的一声，金刚钻缸漂浮上来，没有碎掉，也没有抓住小霾。

阿里木教授捞起金刚钻缸，眼泪流了下来——小川死了，这缸内还有他尸体的粉末呢。

大家都在难过。

海水又哗啦响起，霾怪兽又要出来了。大家都握紧了手中的武器，严阵以待，却看见小川从海水里钻了出来。

他呛了几口污染的海水，咳嗽着爬出来，便抱怨道："教授，你这缸太小了，根本捉不住巨大的霾怪兽。"

众人正好奇他怎么没有被腐蚀成粉末。

小川也不解释，他走到阿里木教授身边，拿过金刚钻缸，"这个是捉小霾的，我肯定，"小川告诉大家，"要让霾怪兽变回小霾，才能用这个缸抓住它。"

那好吧，教授准备回到岸边，和大家商量商量使用什么办法让霾怪兽变回小霾。可小川根本不等商议，就吹起了口哨，召唤小霾。

轰隆一声，海面的浪花耸起一丈多高，海水哗哗流下，霾怪兽又从水里现身了。它站在潮头，拿着死神的镰刀，目光像红色的火焰，它愤怒无比，戾气冲天朝着小川过来。

霾怪兽猛扑过来，小川用金刚钻缸挡着迎上去，挥起宝剑就刺，他穿过了霾怪兽的身体，什么也没有打到。

霾怪兽也没能打到小川，却一下子打到了大桥上。

大桥粉碎断裂，毕莫大人挂在断桥上，水玲珑也差点儿掉下去，幸亏及时抓住了护栏。大家惊叫着跑离断桥处，一位皇家勇士想要拉住毕莫大人，可是，霾怪兽一把抓住他，刚刚扬起手，那个人就化成细粉飘散开来。

霾怪兽把皇家勇士腐蚀成了粉末。

毕莫大人已经爬上桥面，他朝着霾怪兽发出一个火球，打在它的胸口，燃烧了一个大洞。霾怪兽踉跄了一下，差点儿倒地。但它怒吼一声，居然把火球又推向了毕莫大人。

此时，小川已经回到了桥上，看到情况危急，他拿起金刚钻缸就朝着霾怪兽扔过来。霾怪兽偏头躲过，发现小川砸它，眼中的怒火燃烧得更旺了，他一把抓起了小川。水玲珑捡起了金刚钻缸，朝着霾怪兽的手腕砸去，霾怪兽吃疼，松开了手，小川掉落地上。

霾怪兽转身追赶水玲珑。小川一下子就抱住了霾怪兽的腿，不让它过去。霾怪兽怒吼着抬起脚，朝着小川的脑袋踩过来，咔嚓一声。小川感觉自己坠入了黑暗世界。

他像是又回到噩梦中。那只吞噬幸福岛的怪兽，朝着他压过来了。像天塌地陷一样，轰隆作响，他感觉自己和小岛都陷入了地下。

突然，像消音器一样，什么声音都没有了，小川觉得被埋进土地，快要窒息而亡。突然，一个声音传来，像黄鹂鸟的鸣叫——婉转清亮，犹如天籁。

监狱的大门打开，玛丽塔走了出来。是她吹出口哨召唤雾小霾。霾怪兽听见声音，停止了杀戮，大家也都停止了动作，看着玛丽塔。

她直直地朝着霾怪兽走去。

阿里木教授急了，"玛丽塔，玛丽塔，你不能去！"小霾现在是怪兽，它怒火中烧，会把任何人腐蚀成粉末。

小川躺在地上一动不动，他肯定被霾怪兽腐蚀成了粉末。

"孩子，回来，回来，霾发怒的时候是不认识人的！"阿里木教授带着哭腔阻止。

玛丽塔根本不理会，朝着霾怪兽走过去。她每靠近一步，就距离死亡更近一步。但她不能不过去，她要制止小霾，救出小川。

愤怒的波涛汹涌，周围涌起一种莫名的杀气，霾怪兽带着阴风扑向玛丽塔，它的眼睛里冒着熊熊燃烧的怒火，好像谁也不认识了。

玛丽塔衣衫飘飘，她微笑着，好似面对的不是夺命霾怪兽，而是可爱的小天使。

死神的镰刀发出夺命的寒光，玛丽塔凝视着霾怪兽暴怒的双眼，露出平静的微笑，如落日夕阳般温馨无比。

他们面对面，近在咫尺。

阿里木教授快要昏厥过去了，他紧张得透不过气来。如果霾怪兽一生气，玛丽塔就会粉身碎骨。

"小霾！"玛丽塔微笑着。

疯狂的霾怪兽朝着玛丽塔逼近。在快要碰到玛丽塔的那一刻，它突然停了下来。它感觉到后面有动静，那个白头发的男孩已经被他杀死了，不是吗？

他不会再爬起来了，任何东西到了霾怪兽手里都无活着的可能。

"不要啊，玛丽塔!"阿里木教授哭了出来。他看见玛丽塔朝着霾怪兽伸出了手。

霾怪兽也朝玛丽塔伸出了死神镰刀，玛丽塔微笑着，她的手从死神镰刀旁边过去，触碰到霾怪兽——她轻柔地拍了拍霾怪兽的肩膀，"小霾，乖，变回原来的样子!"

阿里木教授听到了刺啦刺啦的响声，那是腐蚀病毒感染了玛丽塔的手。教授眼前一黑，站立不住倒了下去。

霾怪兽也缩了下去，它慢慢变小，变回了一只狸猫般的小萌宠。它有一身光亮的皮毛，伏在地上，一双萌萌的眼睛，无辜地看着玛丽塔。

那一刻，画面看起来温馨而美好：夕阳下，一个漂亮小姑娘，一个萌萌小动物，他们伸出了友谊的手。

不，死亡的手，它摧毁一切美好，它根本不知道自己身子下的青草在枯萎，不知道旁边的石头碎成了粉末，不知道玛丽塔拍它一下就感染了霾病毒!

它摧毁一切，它腐蚀一切，它握住了玛丽塔的手。

第二十章
死亡拥抱

透明的缸壁上，映现出一张惊愕的面孔。小霾伸出的手，抚摸到了冰冷的金刚石壁。就在它的手伸向玛丽塔的一刹那，小川用金刚钻缸扣住了小霾。

小川没有死，他故意趴在地上一动不动，他在等待机会。就在霾怪兽变回原形与玛丽塔拉手的一瞬间，小川迅速捡起金刚钻缸，跳起来扣住了小霾。

毕莫大人和皇家勇士都拿着武器，准备迎接小霾的反抗。

小霾没有暴跳如雷，没有爆炸，它趴在缸内看着玛丽塔，两个眼睛就那样直直地看着她。然后，它委屈地撇着嘴巴，慢慢地伏在金刚钻缸壁上，瘫软下来。

它没有反抗——它没有爆炸——它还是小霾。

大家欢呼雀跃，"终于捉住霾怪兽啦！噢噢！"

每个人都在击掌庆祝。每个人都在欢呼雀跃。天空的乌云散去，他们看到了美丽的晚霞。

但小川却看到，玛丽塔非常难过，她几乎承受不住小霾的目光。如果小霾变回霾怪兽反抗，她也许会好受一些。

小霾的眼神绝望而忧伤，大颗大颗的泪珠往下滚落。它如此信任她，她却让人抓捕了它。玛丽塔愧疚无比，终于忍不住号啕大哭。

欢呼的人们停下来，默默看着哭泣的玛丽塔。

她因为触碰了霾怪兽，手感染了腐蚀病毒，毕莫大人命令黑衣人火速把玛丽塔和阿里木教授送往医院。

他让小川抱起金刚钻缸，带往关塔纳魔湾。小霾一副委屈的表情，趴在金刚钻缸里。它情绪低落，一动不动。

小川抱着金刚钻缸，放进关塔纳魔湾的特殊监牢。

毕莫大人准备封印的时候，玛丽塔冲进来，后面追赶着阿里木教授。阿里木教授已经苏醒过来，一直在劝说玛丽塔不要冲动，但没有成功，玛丽塔还是从医院跑了过来，非要再见小霾一面。

"玛丽塔，你冷静，你已经受伤了！"阿里木教授劝道。

玛丽塔哭着摇头，她已经够冷静了，她帮他们抓住了小霾，她对不起小霾，"请让我再看看它！"玛丽塔祈求。

"可以远远地看，没有必要到牢房里去。"毕莫大人也劝道。

"是啊，"水玲珑也赞同，"还是不要靠近霾才安全。"

玛丽塔非常难过，她本来可以不出手，任由小霾把他们全部腐蚀成粉末。但是，玛丽塔站在了他们这边，舍弃了小霾的友情。她心里肯定很内疚，觉得自己使用了卑鄙的手段捉住了小霾。

"让她进去吧，"小川替玛丽塔请求，"她肯定很内疚，只想单独和小霾待一会儿。"

玛丽塔感激地看了小川一眼。

小霾被封印在金刚钻缸中，应该不能伤害玛丽塔。

大家默默让开门，玛丽塔独自走进监牢。小霾正蜷缩在缸里，它听到声音抬起头来，看见是玛丽塔，又趴回去不理她。

"对不起，小霾。"

玛丽塔蹲下来，与小霾面对面。她非常内疚，她最终还是让人们捉住了小霾。

"我也想牵起你的手，一起玩耍。但是，牵手会让我生病，你知道吗？"玛丽塔伸出自己的手。小川大吃一惊，她的手肿得像个馒头，上面长满了可怕的绿毛。

小霾抬起脑袋，无辜地看着玛丽塔。

"与你牵手会让我感染病毒，很疼，很疼。"玛丽塔哭道。

小霾看着玛丽塔的手，隔着缸壁用鼻子闻了闻。

"小霾，也许会截肢，"玛丽塔忧伤道，"但能和你牵手我不后悔，我本来想要抱抱你的，但那样可能会死！"玛丽塔哭起来，小霾心地善良，但身体却是恶魔。

小霾看到玛丽塔哭了，坐起来绞着手指头，忐忑不安。

"我来和你告别，不知道还能不能再来看你。"玛丽塔站起来，朝着门口走去。小霾看到玛丽塔走向门口，意识到什么，痛苦地抽泣，大颗的眼泪流了下来。

玛丽塔听见哭泣，又回头劝道："你别哭，小霾！"她自己的眼泪却扑簌簌流下来，"我也舍不得你。"

小霾叫了一声，就从缸口中往外钻。大家还没有反应过来，它就已经从封印的缸口边钻了出来，一头扑进玛丽塔的怀里。玛丽塔泪眼模糊，她也冲动地抱起了小霾。

小霾像猫儿般，紧紧地依偎着玛丽塔。

它的第一个朋友，它的第一次拥抱。小霾发出喃喃低语。

玛丽塔听懂了，她哽咽着说："小霾，我愿意做你的好朋友，最好的朋友。"

小霾高兴得眼泪滚滚而下，泪珠滴在玛丽塔手上。

牢房外面，有人被泪水模糊了双眼，有人目瞪口呆，谁也没有及时阻止他们的拥抱。

小霾开心地点头，伸出它的小拇指，要与玛丽塔拉钩。

玛丽塔伸出小拇指——两个人拉钩。玛丽塔与小霾接触的皮肤起了水泡。她感觉眩晕，但勉强支撑着，"答应我，在这里乖乖待着，不许出去。"玛丽塔说。

小霾开心地点点头，晃了晃手指头。

"是啊，拉钩了！"玛丽塔用尽力气站起来，她扶着墙壁，一步一步走到门口。她知道自己快要支撑不住了，但她不能倒在小霾面前。

　　玛丽塔气若游丝，"一定要在这里等我，我会回来看你！"

玛丽塔艰难地迈出门口，瘫倒在地。

第二十一章

最勇敢的猎霾战士

青苔皇家医院，小川被按在病床上。

他的心脏、脚指头、手指头以及脑袋上贴满各种线，被推进大型仪器中扫描，然后是验血，接着是各种照射。小川拼命给阿里木教授解释，他没有病，他已经好了，不用再给他检查身体。

阿里木教授命令他好好躺着不要动，"我也不是医生啊，"他说，"我只想搞清楚你怎么没有被腐蚀成粉末。"

这确实奇怪，那个皇家勇士被腐蚀成粉末，石头被腐蚀成粉末，而小川被霾怪兽碰到，而且还被霾怪兽抓在了手里，他怎么没有粉碎？

阿里木教授给他检查，是要弄清楚他哪里与众不同。最后，阿里木教授收集了一沓检查单据，和小川一起走出了检测室。

他们去看望玛丽塔。

玛丽塔躺在病床上，一动不动，陷入了昏迷。虽然医生奋力抢救，但玛丽塔却没有苏醒过来，一直处于昏迷中。

阿里木教授非常后悔，当时他就应该坚决阻止玛丽塔，不让她跑出医院。

小川也痛心疾首，他觉得都怪自己，他不应该让玛丽塔进入监牢，他应该理智的。"我真是没有脑子。"他责骂着自己。

但在关塔纳魔湾监狱中，小霾嘴角露出甜蜜的微笑。它沉浸在幸福中，身上的戾气化为甜蜜的温柔。它有了第一个朋友，它得到了友谊。它在美梦中呓语：玛丽塔会来看我的！

青苔皇宫前面的绿荫广场，人声鼎沸，大家都拥过来，好奇地议论着霾怪兽。

绿荫广场正中间的舞台上，一个中年发福衣着贵气的男子端坐在贵宾席上。他有高贵的波尔多红发，穿着丝质黄袍，头上戴着绿宝石皇冠，挺着圆滚滚的大肚子，开心地看毕莫大人在主持聚会。

毕莫大人举办这场表彰大会，告诉森林王国的民众，霾怪兽被制服了。

众人鼓掌欢呼。

"这次表彰大会，"毕莫大人说，"我要奖励两位英雄！"

下面没有了说话声，大家都静静地听着。

"霾一出现，大家都失去了勇气。这时候，来自荔波小七孔的水玲珑，站出来自愿参加猎霾行动，她有勇气，森林王国授予她猎霾战士称号。"

毕莫大人把猎霾战士的银质徽章颁发给了水玲珑。大家再次欢呼鼓掌，尤其是那些阻挡水玲珑参加行动的人，高兴得跳了起来。

毕莫大人又拿出一枚金质徽章，"这枚金徽章，我要颁发给最勇敢的猎霾战士。"

广场上不再有议论声，大家屏息听着。

"是他制服了小霾，是他解决了我们头疼的环境问题，让我们生活得更美好！"毕莫大人故意停顿了一下，然后大声喊出，"小川，他就是小川。"

掌声雷动，欢呼声响彻广场。

"有请国王为最勇敢的猎霾战士颁奖！"毕莫大人说。

发福的国王吃力地从凳子上站起来，他走过去把金徽章扣在小川胸前。

"祝贺你，最勇敢的猎霾战士！"国王握着小川的手。

大家都欢呼鼓掌，比上次还要热烈。

"等一下！"小川打断众人的欢呼。

大家都愣住了，看到小川把金徽章拿下来，舞台下众人议论纷纷。

"这枚金徽章不应该给我！"小川对国王说。

大家都发出惊讶声。

"大家都知道玛丽塔放走了霾，成了森林王国的头号通缉犯。"小川问国王，"你们有没有想过，玛丽塔为什么要这样做？"

大家都议论纷纷，阿里木教授不由得站了起来，国王和毕莫大人都看着小川，不知道他什么意思。

"玛丽塔一家都研究霾，她的妈妈为研究霾贡献出了生命。她的爸爸，也就是阿里木教授，一心忙着研究霾，没有空照顾玛丽塔。玛丽塔从小就跟霾在一起玩。她非常了解霾，但是，她还是放了霾，为什么？你们知道为什么吗？"

下面围观的众人都摇头，大家议论着。

"因为霾是地球的清洁卫士。"小川大声说，"小霾为什么能把石头腐蚀成粉末，为什么碰到就会感染病毒？因为它身上带着剧烈的腐蚀毒素，这种毒素也能把丢弃的垃圾腐蚀掉。如果我们利用霾去腐蚀垃圾，那它就是地球的环保卫士。"

小川看见阿里木教授眼里的泪水如决堤的河流，滚滚而下。

"小霾能吃掉无处堆放的垃圾山，玛丽塔因此不想让这样的动物被杀害，才放走了小霾。她没有罪，对不对？"小川问。

"对！"许多人喊了起来。

"而霾根本无法杀死，也关不住，是玛丽塔用爱心制服了小霾，她选择了保护森林王国。"

广场上鸦雀无声。

"因此，这枚金徽章，"小川清了清嗓子，"应该颁发给玛丽塔，不是我！玛丽塔才是森林王国最勇敢的猎霾战士！她因为伏霾而受伤了，英雄无法过来领奖章，我们就请她的爸爸——阿里木教授代替她领奖。"

　　阿里木教授惊讶地张大嘴巴，一脸不相信的表情。国王居然招招手，让阿里木教授上台来，小川把奖章颁给了阿里木教授。

　　众人的欢呼声几乎冲破云霄，他们为玛丽塔欢呼，也为小川鼓掌。

　　"等一下，我还有话要说！"小川又喊道。国王刚坐回贵宾席位，又转头看着小川，他还要说什么？

　　"我请求大家，放了小霾！"小川郑重道。

　　毕莫大人生气了，这男孩可以把金徽章给玛丽塔，也可以让她成为英雄，但不能放小霾。"年轻人，你这样做，知不知道意味着什么？"毕莫大人提醒他，"权力同时也意味着责任，自己来做决定也就意味着必须承担随之而来的风险！你明白这句话吗？"

　　小川当然明白，出了事情要他承担！但他要完成玛丽塔的心愿，"我愿意用生命担保，请你们不要杀小霾，如果能让阿里木教授培育出许多这样的小霾，那么森林王国就不需要垃圾填埋场，也不用焚烧污染环境了，小霾就能把垃圾腐蚀掉！"

　　许多人鼓掌赞同小川的提议。国王又吃力地站起来，挺着圆滚滚的肚子宣布："不杀小霾，让阿里木教授继续研究。"

　　阿里木教授开心地哭起来，夏嬷嬷冲过来抱住小川，眼泪滚滚而下。

　　欢呼声响彻绿荫广场，比任何一次都要热烈，森林王国的树叶似乎发出了沙沙的鼓掌声。

第二十二章
核能变异人

表彰大会结束，小川回到医院照顾玛丽塔。

当他走进病房的时候，突然看见那个胖女人——老医生的邻居，抱着厚厚的一摞文件，正要走进隔壁房间。

"阿、阿姨，你怎么在这里？"小川惊讶地问。

胖女人吵架一样的大嗓门，"我怎么不能在这里了？我帮老医生搬东西呢。"

小川伸头一瞅，隔壁房间里坐着老医生和阿里木教授。

"老医生？"小川惊喜道，"你怎么来了？"

还没等老医生回答，阿里木教授做了说明，"森林王国需要研究霾的人才，老医生正好有研究霾的材料，我们就把他请来了。"

阿里木教授本来正和老医生讨论检查结果。小川的身体令人吃惊，严重核污染与不明药物双重作用，他的基因居然变异了——他成了核能变异人。

霾怪兽能把石头腐蚀成粉末，却不能腐蚀他的身体。阿里木教授把他的血液拿去检验，发现他的血液变化了，跟任何人的血型都不相同。

阿里木教授简直不敢相信，又把小川的血液送到花夏之国和蔓青国的血液机构做化验。如果这两个国家也得出相同的检查结果，那么小川的血就跟人类的血不一样了。

也就是说，他跟人不一样了。

而小川却毫不知情。

他问老医生："您有研究霾的资料？您什么时候研究的霾？"

老医生接过那一摞资料，"你和玛丽塔住在半山腰的时候，就开始研究了。"

原来，玛丽塔带着小霾逃亡，就住在了老医生的家乡。老医生就借此机会，天天研究小霾，写下了一大摞关于霾的资料，正是森林王国所需要的。

既然遇到了研究霾的专家，小川心里有个问题，一直想不明白，"老医生，为什么每一次与霾怪兽接触，我都感觉特别痛苦？"

小川给他们讲了接触霾怪兽的经历，然后说道："我总是回到那个噩梦中——周围的人都死了，家园也被破坏了，只有我一个人活着！"小川想起这些就心酸。

阿里木教授与老医生对视了一眼，他们交流过关于小川的经历，交流过关于霾的一切。当玛丽塔把小霾放出来，不久之后，幸福岛就发生了震惊世界的九级地震和核爆炸。然后，小霾就带着满爪子的核废料回来了。

他们推断，小川遭遇灾难的时候，小霾可能就在现场。它爪子缝隙残留的核废料可以证明它去过幸福岛核电站。

阿里木教授甚至大胆推测，是小霾导致了幸福岛核爆炸。

小霾到底做了什么，只有幸福岛死去的人才知道，阿里木教授还没有推断出来。

他不敢对小川说，他只和老医生讨论过。

老医生却劝告：不能告诉小川真相。

如果小川知道所有亲朋好友都死了，整个幸福岛上的人都死了，只剩下他一个，他可能无法走出那巨大的痛苦。小川失忆是非常幸运的，丧失记忆是自我保护的方法，以免重新经历可能让他精神崩溃的情景。

但小川经历的痛苦太深重了——那不堪回首的痛苦依然印在他的脑海里，时时展现。谢天谢地，幸亏小川把那记忆当成了噩梦！否则，他便无法开始今后的生活。

阿里木教授和老医生对视了一眼，便说道："小川，我告诉过你了，霾影响人的情绪。但噩梦只是噩梦，你可不要把噩梦当成现实哦！"

"是啊！是啊！大白天不要想着晚上的噩梦了，"老医生也劝道，"都已经过去了，看看今天天气多好啊！"

小川看着他们，明显是有什么秘密瞒着不告诉他。

　　他看见他们两个传递眼色了。不过他不计较，他现在很开心，他发现老医生把家里的衣柜也搬来了，还换了一面全新的镜子。

　　"家具都搬来了，你要住在医院里?"小川不解。

　　"我想试试治疗玛丽塔的病，"老医生说，"因此他们安排我搬到这里。"

　　又能和老医生在一起了，小川好开心啊! 老医生从口袋里掏出一个东西，递给小川，"这是带给你的礼物。"

　　小川接过来，是个被水泡过的礼物盒，盒内放着一个获奖证书。他感到好奇，打开获奖证书，里面还夹着一张照片——照片上男孩拿着获奖证书，脸上洋溢着幸福的笑容。

　　小川觉得好熟悉。

　　"我们发现你的时候，就带在你身上，"老医生说，"猜想一定是你最喜欢的东西。"

　　我一直带着的东西? 小川感到不可思议，他怎么带着这个获奖证书和一个男孩的照片呢?

　　"照片上的男孩跟你有点像哦!"老医生提醒他。

　　"是吗?"小川跑到镜子前面，想要对比一下。可他看见镜子里的男孩时，再一次惊呆了。他的头发长了出来，浅紫中带着银灰，让他想起独角兽。

　　虽然不是正常的黑色，不过，并不难看。

　　他欣喜地盯着镜子里的自己，脸上和胳膊上都长了肉。

比之前好看多了。

"你不要驼背,再健壮一些,就和照片上的男孩差不多了。"
老医生说。

小川看看获奖证书和照片,发现这个男孩叫德川宗介。他
干净健康又俊朗阳光,男子汉气概足足的。五官棱角分明,那
高挺的鼻梁犹如希腊雕像。一头自然黑发下是深邃的清澈双眸,
魅力十足优雅迷人。

小川知道自己不可能像他那么完美。但他可以锻炼身体让自
己强壮,他也可以做到不驼背。小川直起腰身,他找到了偶像。

他要成为像德川宗介一样完美的男孩!

我来写故事

　　除了放小霾逃跑，玛丽塔有没有更好的办法，既保护它又限制它？

图书在版编目（CIP）数据

猎霆战队. 1，唯一幸存者 / 王敏著. —— 北京：作家出版社，2019.7

ISBN 978-7-5212-0427-8

Ⅰ. ①猎… Ⅱ. ①王… Ⅲ. ①长篇小说 – 中国 – 当代 Ⅳ. ①I247.5

中国版本图书馆CIP数据核字（2019）第049773号

猎霆战队1唯一幸存者

作　　者：王敏
责任编辑：苏红雨　杨新月
装帧设计：孙惟静
封面、内文插图：天怡　殷悦
人物设计：钟诚　Ashly
出版发行：作家出版社有限公司
社　　址：北京农展馆南里10号　　邮　　编：100125
电话传真：86–10–65067186（发行中心及邮购部）
　　　　　86–10–65004079（总编室）
E–mail:zuojia@zuojia.net.cn
http://www.zuojiachubanshe.com
印　　刷：中煤（北京）印务有限公司
成品尺寸：142×210
字　　数：100千
印　　张：5.375
版　　次：2019年7月第1版
印　　次：2019年7月第1次印刷
ISBN　978-7-5212-0427-8
定　　价：22.00元